철지난
　　바다에서
　건지다

전경득 에세이

청어

# 철지난 바다에서 건지다

전경득 지음

발 행 처 · 도서출판 청어
발 행 인 · 이영철
영　　업 · 이동호
홍　　보 · 천성래
기　　획 · 남기환
편　　집 · 방세화
디 자 인 · 이수빈 ┃ 김영은
제작이사 · 공병한
인　　쇄 · 두리터

등　　록 · 1999년 5월 3일
(제321-3210002510019990000063호)

**1판 1쇄 발행** · 2021년 3월 30일

주　　소 · 서울특별시 서초구 남부순환로 364길 8-15 동일빌딩 2층
대표전화 · 02-586-0477
팩시밀리 · 0303-0942-0478

홈페이지 · www.chungeobook.com
E-mail · ppi20@hanmail.net
I S B N · 979-11-5860-933-7(03810)

# 철지난 바다에서 건지다

전경득 에세이

나에게
앞으로 어떻게 살아갈 거냐고
무엇으로 살아갈 거냐고 묻는 이들이 있습니다.
그러면 나는 단번에 대답합니다.
세상에서 벌어지는 인문적 현상의 모퉁이를 따라
그 모습을 흉내내보고 글로 적어 보겠노라고….

평화롭지 못한 코로나19의 일상에서 우리네에게
따뜻한 위안이 되는 그 무언가가 있다면
잠시나마 발걸음을 멈출 수 있으리라는 기대를
가지게 됩니다.
높다란 담장 아래 숨어 피는 키작은 들풀처럼
세인의 관심에서 멀어졌으나 다시 떠올린다면 훈훈
한 기운이 감도는 그런 이야기들이 생각났지요.

그 생각의 끝자락이랄까요.

이 책은 지난 10여 년 전부터 틈틈이 적어두었던 이야기들로 구성하였습니다.

나만의 시각으로 당시의 사회적 현상을 바라본 내용이 대부분이어서 시간적 괴리감은 물론 다소 구태의연할 수 있으나 우리네 기억 속에서 가물가물해진 이야기들을 다시 한번 떠올리는 시간이 되길 소망합니다.

저의 졸고를 위해 애쓰신 편집자님께 감사드립니다.

전경득

## 목차

# 단순함이 주는 삶의 향기

"무기 대여"

2차 대전 당시 위기에 처한 영국인을 돕기 위해 루즈벨트 대통령은 이 무기 대여라는 단 한마디 단순한 말로 당시 미국인들의 가슴에 훈풍을 불어넣었다.

"국민 여러분.

이럴 때 어떻게 하시겠습니까? 이웃집이 불길에 휩싸여 있는 상황인데, 우리 집에는 정원용 호스가 있습니다. 불난 이웃집에서 우리 집 정원용 호스를 빌려 가면 소화전에 연결해서 불을 끌 수가 있습니다. 이웃집 주인이 정원용 호스를 빌려달라고 할 겁니다. 그런 상황에서 불난 집 주인에게 '호스를 빌려 가시려면 15달러를 주셔야 해요'라고 말하는 사람은 없을 것입니다. 오히려 저라면 '돈 같은 건 필요 없으니 불을 끄고 난 뒤에 호스나 다시 되돌려 주세요'라고 말할 겁니다."

루즈벨트 대통령은 이런 작은 이야기로 국민들에게 자신의 정책을 호소하여 국가적 지원을 이끌어내는 법안을 통과시켰다.

그야말로 단순함의 힘을 보여준 대표적 사례라고 할 수 있다.

우리는 다양한 분야에서 이러한 단순함을 찾아볼 수 있다. 단 한 줄로 광활한 세상과 포옹하는 일본의 하이쿠 시인들이 있다. 그들은 아무것도 가진 것 없이 먼 길을 방랑하며 도처에서 마주치는 풍경과 작은 사물에 대하여 한 줄짜리 시로 표현한다.


이 늙은 벚꽃나무도 젊었을 때는 소문날 정도로 사랑받았지.(이싸)
밤은 길고 나는 누워서 천년 후를 생각하네.(시키)
내 것이라고 생각하면 우산 위의 눈도 가볍게 느껴지네.(기가쿠)

전경득 에세이

어디 그뿐인가!

송나라의 화가인 곽충서는 자유인이다. 시장통
의 사람들과 어울려 술을 마시면서 그들과의 정서
적 교감을 자신의 예술세계에 곧잘 풀어놓았다. 언
제 어디서든 흥이 일어나면 예의범절에 구애받지
않고 단순하게 즐기는가 하면 아름다운 경치를 만
나면 집으로 돌아가는 길을 잊는다는….

그림솜씨가 탁월한 그는 여기저기서 주문을 자
주 받았다. 어느 날 한 부자가 그에게 향응을 베푼
뒤 기다란 비단 꾸러미를 펼치며 거기에 그림을 그
려달라고 떼를 썼다. 그는 마지못해 붓을 들고는 긴
비단에 일필로 휘졌듯 그려보였다. 어린아이가 연
을 날리는 그림인데 왼쪽 아래에는 아이를, 저 멀리
오른쪽 위에는 연 하나를 달랑 그렸을 뿐이다. 그리
고는 아이와 연 사이에 실처럼 기다란 한 줄로 이었
다. 비단 전체에 한가득히 그려질 그림을 기대했던
부자의 얼굴에는 실망스런 표정이 역력했으나 곽충
서로서는 향응의 대가치고는 너무 큰 화폭인지라

다 채우기가 싫었던 것이 아닐까?

일언컨대 작고 단순한 붓칠만으로 자신의 내면에 흐르는 심리를 고스란히 내비친 단순함의 쾌거이리라.

성경은 '남한테 대접받고 싶은 대로 행동하라'는 단순한 한마디로 그 안에 내포된 폭넓은 의미를 명확히 전달하고 있다. 프랑스 낭만주의 화가인 드라크로아는 '진정한 화가라면 사람이 5층에서 1층 바닥으로 떨어지고 있는 순간을 스케치할 능력을 가지고 있어야 한다'라고 말한다.

내친김에 비즈니스에서의 단순함도 살펴보자. 매일 아침 한 장님이 미국 센트럴 파크의 길가에 앉아 모자를 놓고 구걸하고 있는데 그 앞에는 '저는 장님입니다'라고 쓴 종이가 놓여 있었다. 대부분의 사람들이 그를 무시하고 지나갔는데 어느 날부터 장님의 모자에 돈이 쌓이기 시작했다. 그 이유는 다름 아닌 종이에 추가된 단순한 문구 때문이었다. '아름

전경득 에세이

다운 봄이네요. 그런데 저는 장님입니다.' 지나가던
한 작가가 단순한 한 줄을 보태어 주었던 것이다.
볼 수 없는 눈으로 봄의 아름다움을 말하고 있는 그
장님에 대한 시선이 연민으로 바뀐 결과가 아닐까?

이렇듯 단순함만으로 우리네 삶의 곳곳이 다양
한 스펙트럼을 발산하고 있으며 그것이 새로운 패
러다임을 만들어내고 있다. 그것의 키워드는 사람
의 마음속 깊은 곳까지 울리는 감성의 역할이다.
우리가 살면서 매일 만나는 사람과 사람 사이의 이
성적 행간에는 정신을 지배하는 내밀함이 살아 숨
쉰다.
그곳에 단순한 감성적 자극을 하나 더 보탠다면
좀 더 수준 높은 삶의 향기를 발하지 않을는지….

철지난 바다에서 건지다

# 운명의 저울대에 홀연히 서다

### _전혜린

 

해마다 1월이 되면 나는 유난히 가슴 한켠이 두
근거림을 느낀다.

전혜린. 자신의 영혼을 철저히 사랑하여 오로지
자신에게만 집착하는 신화적 천재이자 나의 정신적
멘토인 그녀가 떠오르기 때문이다.

1934년 1월 1일에 태어나 1965년 1월 1일에 생
을 마감한 전혜린은, 오직 학업에만 열중하라는 아
버지의 말씀을 오직 신(神)으로 모시고 당시 여성으
로서는 최초로 서울대학교 법학과에 입학하였고,
역시 한국 여성으로는 최초로 독일 유학길에 오르
게 된다. 그러나 전혜린에게 법학은 아버지의 강요
에 의한 그저 형식일 뿐, 늘 철학에의 동경으로 가
득찬 나날을 보낸다. 어린 시절부터 물질, 인간, 육
체를 경시하고 정신, 관념, 지식을 숭배하는 이른바

전경득 에세이

철학적 삶에의 열망이 가득했고, 성장한 후에도 그 열망은 지병처럼 늘 그녀에게 자리 잡고 있었다.

그렇게 전혜린의 어린 시절을 포위했던 아버지 전봉덕은 어떤 인물인가? 약관 29세에 일본 고등 문관시험에 합격할 정도로 천재적인 사람으로 역시 자신의 딸에게도 공부 이외에는 그 어떤 것도 허용치 않았으니, 자유로운 영혼을 갈망하는 전혜린에게는 늘 고통스러웠으리라.

전혜린. 그녀에게도 영혼을 뒤흔들었던 멘토가 있었으니 그는 다름 아닌 루 살로메(1861~1937)다. 니체를 사랑하고 프로이트를 학술 동반자로 삼았던 루 살로메는 지적 능력이 탁월하여 취리히대학에서 철학, 신학, 예술을 두루 섭렵했다.

이왕 전혜린의 멘토로 이름을 올렸으니 루 살로메에 대해 좀 더 알아보자. 늘 정신적 허기에 시달렸던 그녀는 오로지 책만 읽고 지내는 독서광에 무심한 옷차림을 하고 성향 또한 독립적이었다. 유난히 시각적인 남자들에게 인간적인 매력을 느꼈고 자신의 번뜩이는 개성으로 그 남자들을 매료시키는

철지난 바다에서 건지다

여성이었다. 사생활이 무척 자유로워서 학과 친구인 니체, 파울레와 과감한 연애에 빠졌다가 정작 결혼은 안드레아스와 하게 된다. 그러다 안드레아스의 자살로 결혼 생활이 끝나고 그녀가 36세 되던 해에 14살 연하 릴케와 정신적 연인 관계가 되지만 그것도 얼마 가지 못하고 루 살로메는 일방적으로 결별을 선언한다.

전혜린. 그녀는 자신이 가지고 있는 인식에 대한 끝없는 탐구, 자유에 대한 목마름, 고독과의 사투를 먼저 경험한 루 살로메였기에 자신의 멘토로 삼기에 이른 것이 아닐까? 닮은 듯 같은 성향을 더하여 전혜린은 살아 있다는 자체가 몹시 버겁고 두려웠을 것이다. 그 누구보다도 명석한 두뇌에 시대를 앞지르는 천재성으로 한국 전통적인 여성상에서 벗어난 보헤미안적 기질을 가졌기에 그녀의 삶은 늘 광기와 방황으로 이어진 것은 아닌지….


모든 평범한 것, 사소한 것, 게으른 것, 목적 없

전경득 에세이

는 것, 무기력한 것, 비굴한 것을 나는 증오한다.
자기 성장에 대해 아무 사고도 지출하지 않는
존재를 나는 경멸한다. 모든 유동하지 않는 것,
정지한 것은 퇴폐이다. 저열한 충동으로만 살고
거기에도 만족하지 않는 여자를 나는 경멸한다.
피상적이고 자신에게 진지하지 못한 사람들.

　　　-전혜린, 『이 모든 괴로움을 또 다시』 중에서


초대 문화부 장관을 지낸 이어령 교수는 "전혜
린은 생애를 가득한 긴장 속에 살기 위하여 끊임없
는 욕망을 불태웠다. 그리하여 그녀는 누구보다 가
난했다."라고 말했다.

번역서 몇 권에 수필 두 권만을 남긴 채 31세의
나이에 자살로 추정되는 죽음으로 생을 마감한 전
혜린. 그녀의 사투는 어쩌면 내면만을 인식하고자
했던 극단에 가까운 성향의 결과이리라.

어떤 운명을 만나느냐가 중요한 것은 아니다.

철지난 바다에서 건지다

다만 그 운명을 대하는 자세, 즉 진정성을 가진 것만이 생(生)이라는 다리를 넘어지지 않고 건너갈 수 있지 않을는지.

　내 인생의 멘토로서의 그녀가 나를 뜨겁게 울렸던 글귀를 다시 한번 되뇌어 본다.


　　격정적으로 사는 것. 지치도록 일하고 열기 있게 생활하고 많이 사랑하고, 아무튼 뜨겁게 사는 것. 그 외에는 방법이 없다. 산다는 일은 그렇게도 끔찍한 일. 어려운 일이다. 그러나 그만큼 나는 더 생(生)을 사랑한다. 집착한다.

　　－전혜린, 『이 모든 괴로움을 또 다시』중에서

전경득 에세이

# 시간에 공간을 보태다

## _김수근

    종로구 원서동 219번지. 창덕궁을 지나 대기업의 고층 빌딩 사이에 언뜻 지나치기 쉬운 낮은 건물이 하나 있다. 검은색 벽돌외벽을 온통 담쟁이덩굴로 뒤덮은 건물은 총면적이 360㎡(109평) 남짓한 작은 규모이다. 도심의 대로변이니 고층빌딩으로의 개발압력에 자유로울 수 없어 보이지만 그 내면을 들여다보면 우리 시대의 건축적 표상으로 남겨야 하는 이유가 있다. 대한민국을 대표할만한 건축가로서의 평가를 받고 있는 고(故) 김수근(1931~1986) 선생이 혼신을 다한 건축물이자 월간건축잡지 『공간』이 창간된 곳이기 때문이다.

    김수근 선생이 1966년 창간할 당시에도 결코 좋은 상황에서 시작된 것은 아니다.

철지난 바다에서 건지다

"1971년이던가요. 당시에도 은행 빚에 몰려 나의 공간사옥 땅이 여러 차례 경매가 진행 중이었어요. 그럼에도 불구하고 그 땅에 지금의 사옥을 신축하기 시작하여 안간힘을 다했지요. 주위의 냉소에도 불구하고… 돈은 빚질 수 있지만 시간은 빚낼 수도, 갚을 수도 없다는 생각으로 무조건 밀고 나갔어요."

-김수근, 『공간사옥』 중에서

우리 전통건축물의 본질적 특성을 현대적 기법으로 살려낸 공간사옥은 그렇게 탄생했다. 안과 밖의 경계를 줄이고 층과 층을 비틀듯 자유로운 동선에 그야말로 한 치의 버려짐 없이 알뜰한 구조로 설계되었다. 간신히 한 사람만 오르내릴 수 있는 좁은 폭의 계단에서 느끼는 아늑함은 김수근 건축의 상징이며 지하에는 그의 폭넓은 문화적 관심을 단적

전경득 에세이

으로 나타내는 문화예술 공연장인 '공간사랑'을 배치함으로써 당시 공연장을 구하기 어려웠던 가난한 예술가들에게는 구원의 장소로 사용되기도 하였다. 사물놀이패 김덕수의 첫 공연을 비롯하여 공옥진의 병신춤이 탄생된 산실이기도 하다. 한 시대의 문화예술이 어떤 공간을 만나는가에 따라 그 가치가 달라지듯 김수근 선생의 '공간'은 그러한 시대적 가치를 높이 평가받게 된 것이다. 김수근 선생은 함경북도 청진에서 태어나 8세 때 서울로 이사 온 후, 종로구에 있는 북촌에서 어린 시절을 보냈다. 그는 중학시절에 건축학을 전공한 미군병사에게 '건축가는 세상이란 커다란 화폭을 배경으로 일하는 예술가이다'라는 한 마디를 듣고 동기를 얻어 자신의 꿈을 건축가로 키워나간다. 일본 건축학교에 유학중이던 1960년, 대한민국 국회의사당 건축설계 공모에서 1등으로 당선되어 건축가로서 화려하게 데뷔했다. 그런 김수근의 공간사옥이 지난해 말, 신문과 방송에 연일 부도 위기라는 보도가 이어졌다.

철지난 바다에서 건지다

"김수근의 공간사옥이 위험하다."

"한국 건축의 고향, 공간사옥이 팔린다."

"공간사옥을 지켜야…." 등등의 제호를 달고.

급기야 문화계 인사들이 모여 공간사옥의 문화
적 가치를 내세워 공공건축박물관 조성과 문화재
등록을 요구하기에 이르렀다. 건축계의 대표적인
건물이니만큼 그 관심 또한 대단했으나 기업가들
이 직접 경매에 참여하지 못했다. 사회적으로 주목
의 대상이 되기도 하고 또 이를 둘러싼 정치적인 측
면에서의 이해관계도 맞물려 서로 눈치 보기에 급
급했다. 이런 분위기에 정점이라도 찍은 걸까. 며칠
후에 "김수근의 공간사옥 미술계 큰손에 팔렸다"는
제호의 신문기사를 접했다. 공간사옥의 새 주인인
김창일은 천안에 본점을 둔 아라리오 갤러리 그룹
의 회장으로 세계적인 주요 작가들의 작품을 전방
위적으로 구입, 전시하고 있는, 그야말로 미술계의
큰손이다. 주목할 것은 담쟁이로 둘러싸인 주 건물
과 내부의 김수근 작업실은 그대로 둔다는 조건으

전경득 에세이

로 매매가 성사되었다는 점이다. 문화의 가치와 속
내를 따뜻하게 어루만지는 시선을 가진 김창일 회
장. 앞으로 김수근의 건축사적 가치를 조명하는 전
시를 위한 미술관으로 사용하겠다는 그에게 조용히
박수를 보낸다.

　이것이 바로 시간(時間)에 공간(空間)을 보태는
의미가 아닐까.

철지난 바다에서 건지다

# 따뜻한 말 한 마디가
# 세상을 바꾼다면

얼마 전 서울에 있는 모교회의 주관으로 '패치 코리아'라는 캠페인이 시작되었다. 막말퇴치운동이다. 자기 몸을 낮추고 상대방에게 따뜻한 한마디의 말로 사랑을 실천하고 타인의 삶을 우울하게 하는 막말을 삼가자는 취지의 작은 날갯짓이다. 이와 뜻을 함께하는 정치인과 교회 신도들도 함께 뭉쳤다. 서울역 등 곳곳에서 오가는 시민에게 캠페인의 내용을 담은 전단지를 배포하고 함께 참여해 줄 것을 호소했다. 더 나아가 이불솜 같은 따뜻함으로 덮어주자는 의미의 목화솜 코사지를 만들어 원하는 사람이면 누구든 가슴에 부착하도록 배포함으로서 무심코 던지는 사소한 막말로부터 보호하자는 것이다. 바쁘게만 살아가는 현대인으로서 누군가에게 시간을 주는 것이 돈을 주는 것보다 더 값진 일이기

전경득 에세이

에 이들의 행보가 더 돋보이는 대목이다.

참으로 아름다운 일이다.


무심코 던진 돌멩이 하나로 연못 속의 개구리가 죽어가듯 한마디의 말로 상대방을 최악의 상황으로 몰아가게 한다. 최근 들어 수많은 유명인들이 스스로 목숨을 끊는 일이 많아졌다. 사회적으로 명망이 높은 유명 지식인은 물론 개인의 사생활이 고스란히 노출된 채 살아가는 연예인들의 안타까운 죽음이다. 자신에게 던지는 불특정 다수의 부정적인 말 한마디나 댓글에 자유롭지도 의연하지도 못하는 현실이다. 상대방에 대한 배려 없이 재미삼아 써 내린 댓글 한 줄이 당사자에게는 한없이 치명적일 수 있음을 보여주고 있다.

친절하고 배려가 있는 언어는 타인과의 소통에 꼭 필요한 최고의 덕목으로 꼽히지만 매순간 그것을 실천하기가 그리 쉽지 않은 것은 단지 인간이 불완전한 존재여서일까.

네덜란드의 화가 루벤스(1577~1640)는 "한 번의 붓질만으로 웃는 아이의 얼굴을 우는 얼굴로 만들 수 있다."고 고백했다. 인간의 희로애락이 모두 담긴 복잡한 얼굴 표정이 단지 어느 한부분의 결여나 보탬으로 순식간에 바뀔 수 있다는 의미이다. 사람의 감정을 바꾸어 놓는 한마디 말의 위력 또한 이와 다르지 않음을 이해할 수 있다.

나비효과를 떠올려보자.

브라질에 이는 나비의 작은 날갯짓이 미국 텍사스에 토네이도를 발생시킬 수 있다는 나비효과는 어떤 일이 시작될 때의 사소함이 그 끝자락에 가서는 엄청난 결과를 가져올 수 있다는 이론이다. 다소 터무니없이 들리는 과학이론일지도 모른다.

어떤 말은 햇살과도 같고 어떤 말은 가시달린 화살이나 독사의 이빨과도 같다. 심한 말의 상처에 비해 상대방을 이해하는 친절한 말 한마디는 전혀 상반된 결과를 가져올 수 있다는 것을 우리는 이미 알고 있지 않은가. 어쩌면 지금처럼 전 세계가 하나로

전경득 에세이

묶인 인터넷 환경에서는 충분히 가능한 일이리라.

인간의 마음은 영적 파장의 흐름이 만들어내는 결과물이다. 우리에게 꼭 필요한 것은 돈이나 권력, 재능이 아니다. 심지어 인기나 명성도 아니다. 오직 인격이다. 잘 다져진 인격만이 우리의 사소한 말 한 마디에서 빛을 발할 수 있고 그 파장으로 전 세계를 감싸는 나비효과를 만들어낼 수 있으리라.

# 문화재 보존유감

대한민국의 수도 서울의 심장부인 광화문을 마주하노라면 그 뒤를 고즈넉이 감싸고 있는 두 개의 산봉우리를 만날 수 있다. 병풍처럼 드리워져 사시사철 푸르른 정기를 나누어주는 산, 바로 인왕과 북악이다.

그 봉우리가 마주하는 골짜기에 사람 사는 마을, 부암동이 있다. 봄이면 연분홍 복사꽃이 온 마을을 휘감아 꽃구름을 이루고 있는 곳. 서쪽으로는 인왕의 호방한 자태가 있고 동쪽으로는 북악의 넉넉한 호흡이 살아 있는 그림 같은 터전이다. 어디 그뿐인가. 조선의 오백 년 왕권을 찬란하게 꽃피웠던 경복궁과 인접하여 오랜 역사 속의 문화를 고스란히 간직하고 있는 곳이기도 하다. 이조 흥선대원

전경득 에세이

군의 별장이었던 석파정(石坡亭)과 안평대군의 무계
정사(武溪精舍)지가 있는가 하면 근대의 「빈처」로 유
명한 소설가 현진건의 생가 터 등이 바로 그것이다.

그동안 개발의 바람을 전혀 타지 않았던 곳이기
에 지리적으로 서울 한복판이라고는 믿기 어려울
만큼 옛 모습이 그대로 살아 있는 부암동에 요즈음
서서히 변화의 바람이 불어오고 있다. 대한민국 고
유의 문화와 예술을 찾는 내외국인들이 전통 문화
상품 매장이 운집한 인사동으로 모여들었다가 인파
에 떠밀려난 사람들에 의해 발견된 동네인데다, 인
왕의 바위자락으로 오르는 골목골목마다 오랜 역사
의 흔적을 찾아 모여들고 있는 것이다. 게다가 모
TV에서 인기리에 방영된 드라마의 촬영지가 있는
동네라는 입소문을 타면서 관광객의 시선을 받게
된 것이다.

사람이 모여드는 곳이면 반드시 먹거리와 특유
의 문화가 함께하는 법. 오래 묵어 낡아진 듯한 소

철지난 바다에서 건지다

품으로 꾸며진 빈티지풍의 찻집이 하나둘씩 늘어가고 독특한 분위기의 갤러리나 상점들이 자리를 잡기 시작한 그곳에 근래에 와서 좁고 굴곡진 골목으로 외부인의 차량이 빈번하게 들어서는 바람에 주민들과의 언쟁이 잦아지기 시작했다.

결국 관광을 위한 외부인의 주차장 확보를 위해 해당 관청에서는 동네 한 가운데에 최신식의 대형 공영주차장을 세운다는 계획을 발표하였다. 다른 곳도 아닌 안평대군의 별장터에 말이다. 옛 문화와 함께 숨쉰다는 자부심으로 살아가는 부암동의 주민들에게는 청천벽력 같은 소식인 셈이다. 조선시대부터 관가에 드나드는 양반들의 터전으로서 대를 이어 지켜오고 있던 후손들이 주민들인데…. 조상으로부터 물려받은 귀한 땅을 함부로 파헤치거나 훼손하지 않고 본래 그대로를 유지, 보존하고자 온갖 불편함을 감수하고 살아왔기에 관청의 개발소식은 마치 지축을 흔드는 충격이었다.

전경득 에세이

이쯤에서 부암동에 있는 무계정사(武溪精舍)를 찾아 잠시 과거로의 여행을 떠나보자. 조선 전기 세종대왕의 셋째아들인 안평대군(安平大君, 1418~1453)은 형인 수양대군 일파의 무신세력에 눌려 실권을 박탈당하고 유배 중에 사형을 당한 불운한 왕이었다. 시, 서예, 가야금에 능하고 풍류와 문화를 즐길 줄 아는 호방한 성격의 안평대군. 그는 어느 날 부암동을 거닐다가 그곳이 자신이 꿈속에서 보았던 풍광과 흡사한 곳임을 알게 되고 당시 친하게 지내던 화가 안견(安堅, ?~?)에게 그 장면을 다음과 같이 주문하기에 이른다.

사방으로 벽이 둘러쳐진 가운데 구름과 안개가 자욱이 피어오르고 있었으며, 가깝고 먼 복숭아나무 숲에 햇살이 비치어 마치 노을이 지는 듯했다.
또 대숲에 띳집이 있는데 사립문은 반쯤 열려 있으며 흙으로 만든 섬돌은 이미 무너진 채였다.

철지난 바다에서 건지다

닭이나 개, 소나 말 같은 가축은 없고 앞내에 주
각배가 물결을 따라 떠다닐 뿐이어서 그 쓸쓸한
정경은 마치 신선이 사는 듯했다.

-안평대군, 〈몽유도원도〉 발문

그렇게 탄생한 안견의 〈몽유도원도(夢遊桃源圖)〉
는 비단 바탕의 수묵담채로 그려졌으며 보통의 두
루마리 그림과는 다르게 현실세계를 다룬 왼쪽 하
단부에서 꿈속세계를 다룬 오른쪽 상단부로 이야기
가 펼쳐져 있다. 1447년 4월, 안평대군의 꿈속에 등
장했던 마을이 단 사흘 만에 안견의 몽유도원도로
살아나게 된 것이다. 오늘을 사는 우리 현대인들이
상실한 동양 최고의 미적 가치 '고유의 미학'이 무
엇인지를 잘 나타내었기에 그 작품의 고전적 위상
이 더욱 빛나는 것이 아닐까. 당시로부터 3년 후인
1450년 설날, 안평대군은 '몽유도원도'라는 제목으
로 시 한 수를 짓는다.

전경득 에세이

세간의 어느 곳을 무릉도원으로 꿈꾸었던가
신관의 차림새가 오히려 눈에 선하더니
그림으로 보게 되니 정녕 호사로다.
천년을 전해질 수 있다면
내가 참 현명했구나 하리니.


　결국 안평대군도 현실에서 벗어나 복숭아꽃 향기 그윽한 이상향의 세계로 훌쩍 떠나고 싶었던 것은 아니었을까. 얼마 후 안평대군은 꿈속의 풍광과 꼭 닮은 터에 별장을 짓고 무계정사(武溪精舍)라 명명한다. 그가 무인들을 모아 활을 쏘며 여가를 보내던 그곳은 훗날 왕가가 서린 곳이라는 의미의 흥룡지지(興龍之地)라 불렸고 계유정란 이후 완전히 불타 없어진 후 현재는 안평대군의 필체로 짐작되는 무계동(武溪洞)이라는 글자가 쓰인 바위만 그 자리를 쓸쓸히 지키고 있을 뿐이다.

이렇게 중요한 역사적 가치가 있는 유형문화재 위에 관광객의 편의만을 생각한다는 이유로 주차장을 세운다니…. 문화재를 발굴하여 문화유산으로 지정, 등재하는 일과 관리, 보존하는 일을 따로 분리하는 행정관청의 무지에 그저 놀랍기만 할 뿐이다. 그동안 서울시는 1974년에 이곳 무계정사지를 유형문화재 제22호로 지정해 놓았을 뿐(2003년에는 '안평대군 집터'로 바꿔놓았다) 유물발굴은 물론 지표조사도 하지 않고 이곳의 석재등을 500년 이상이나 방치하고 있는 현실이다.

문화재가 있기에 관광객도 존재한다는 것을 알기나 하는지 관청당국에게 묻고 싶다. 선진 외국의 예를 보면 극히 미미한 가치가 있는 유물, 유적일지라도 한껏 확대하여 홍보하는 것이 다반사이거늘 하물며 우리는 500년 도읍지 한가운데의 유서 깊은 문화재를 제 스스로 파괴하는 문화 후진 민족임을 자청하고 있다.

어느 날부터인가 부암동 주민들이 대책 마련을

위해 하나둘씩 모였다. 서로 약속이나 한 듯 주차장 설치를 반대하는 현수막을 집집마다 대문이며 담장에 내걸고 서명운동까지 벌이는가 하면 인터넷 주민동호회를 결성하여 주민의 의견을 묻고 힘을 모았다. 그런 노력이 결실을 맺어 부암동의 역사적 환경을 유지, 보존하려는 다각도의 자체 행사도 계획했다. 즉 안견의 예술가적 치적을 알리기 위한 단체인 '안견기념사업회' 등 여러 문화예술 단체와 손잡고 무계정사지를 보존하고 유형문화재로서의 가치를 새롭게 조명해보자는 행사를 실시하기에 이르렀다. 온 주민이 하나가 되어 '꿈-도원을 걷다'라는 제목 아래 각계의 문화재 전문가를 초빙하여 역사적인 고증을 듣고 안평대군의 넋을 기리는 진혼제, 부암동에 살고 있는 외국인에 의한 다국적 열린 음악제, 창극, 퍼포먼스 등 다양한 프로그램으로 진행되었다.

이 얼마나 아름다운 움직임인가!

지역주민들이 자체적으로 동네를 지켜내고 있는 모습에 결국 해당 관청도 손을 들고야 말았다. 관광

객이 부암동을 찾는 이유는 현대적으로만 변모해가
는 타 지역과는 다르게 부암동에는 500여 년의 오
랜 전통이 고스란히 남아 있기 때문이 아닐까.

부암동은 어미 닭이 알을 품고 있는 형상을 가
진 땅이다. 모 풍수지리 전문가는 부암동의 무계정
사지는 앞으로 왕이 태어날 수 있는 형세를 가지고
있으며 500년의 역사 속의 땅이 파헤쳐질 경우 어
떤 재앙도 피해갈 수 없으리라는 불길한 예견까지
하고 있다. 안평대군의 꿈속에 등장하여 몽유도원
도라는 명작을 낳게 한 실제의 장소라는 것만으로
도 충분히 유지, 보존해야 할 가치가 있지 않은가.

나는 언제라도 안평대군의 손에 이끌려 복사꽃
향내 가득한 부암동 골목을 누비는 꿈속의 주인공
이 되어보고 싶다.

# 그의 렌즈에는 'Japan'

도착지에서

몸에 착 달라붙은 사진기
매순간을 기억하고도
뜬금없이 딴청부리는
눈썹 아래 렌즈. 눈.

그는 새로 만난 풍경 앞에 서자마자 삼키듯 재
빠르게 렌즈를 돌리기 시작한다. 땅에서는 제멋대
로였던 도로들이 마치 격자무늬처럼 잘 짜인 풍경
에 잠시 매료되는가 싶더니 이내 구름의 품안으로
완만하게 들어선다. 렌즈의 힘을 푸는 그. 방해물이
없어진 렌즈가 비행기의 속력 앞에 저항을 멈춘다.
일본 홋카이도의 신치토세 공항을 빠져나오는

철지난 바다에서 건지다

길은 휘황하다. 갖가지 해산물점과 액세서리가게가 낯선 이방인을 유혹하더니 마치 음식박람회장을 방불케 하는 식당들이 서로 손을 맞잡고 줄지어 서 있다. 애써 욕구를 잠재우고 삿포로 시로 가는 철도역에 다다른다. 쾌속 에어포트에 몸을 싣고 한숨 돌린다. 앞이며 옆자리에 앉은 일본인들에게는 그의 렌즈가 불편하다. 늘 보아온 풍경에다, 언제나 똑같은 기차안인데 끊임없이 셔터가 눌려지다니… 두리번거리는 그의 표정을 대하는 불편함이 고스란히 배어나고 있는 그네들. 그걸 아는 둥 마는 둥 기차는 30분여를 마냥 달리고만 있다.

오도리 공원에서

왜 새로운 걸까
내 떠나온 땅에도 피는 꽃
내 살던 집에도 있는 돌멩이

전경득 에세이

그의 가슴속에 살포시 스며들기라도 하려는 듯 촉촉한 빗방울이다. 삿포로 시내 중심에 있는 오도리 공원. 65미터의 폭에 1.2킬로미터의 길이로 그린벨트가 되어 연중 다채로운 수목이 앞다투어 키를 늘리고 있다. 도시 안에 공원이 있는 것이 아니라 공원 안에 도시가 있는 걸까. 4월부터 10월까지는 옥수수 포장마차가 등장하고 11월 말부터는 수많은 전구가 도심을 환상의 세계로 물들이는 화이트 일루미네이션, 2월에는 삿포로 눈축제인 유키마쓰리, 여름이면 맥주축제 등 다양한 행사가 가득 차 있는 그야말로 즐길거리 천국이란다.

주변이 어둑해지는가 싶더니 삼삼오오 모여 있던 사람들의 모습이 이내 사라진다. 어디로 가는 걸까. 작고 붉은 색을 띤 돌길을 따라 렌즈를 돌려보니 저 멀리 거대한 도시전망대를 향하고 있다. 파리의 에펠탑을 닮아 있다. 한가운데에 디지털시계가 깜빡이고 있는 것만 빼면.

그는 오도리탑을 뒤로하고 다시 주변 풍경을 렌

철지난 바다에서 건지다

즈에 담는다. 작고 예쁜 정원을 만드는 기술이 앞선 일본인의 정취가 고스란하다. 어둠이 진해질수록 사람들이 건물의 휘황한 네온 간판 아래로 미끄러져 간다. 어떤 장소이건 그것에 꼭 맞는 감정을 표현할 단어를 찾아내기란 쉽지 않은 법. 여름이 지나가는 길목에 서서 그 아쉬움을 가득 담고 서 있는 나뭇가지 끝의 우듬지, 또는 구석진 물웅덩이에 고여 드는 이름 모를 곤충들과 마주쳤을 때가 그것이다.

그의 렌즈에 축축한 바닥면이 실리더니 이내 하늘가에 숨은 별빛을 찾아낸다. 무엇일까. 그의 땅에서도 보던 풍광이건만 낯선 여행지에서는 언제나 새로 태어나는 이유는.


오타루 운하에서

너무 아름다워서 숨이 막히는
아직 베네치아로 떠나지 못하더라도
오직 베네치아만이 아니더라도

40
전경득 에세이

1914년에 착공하여 9년간에 걸쳐 만들어진 오타루운하는 20세기 초에 세워진 거대한 벽돌 건물과 석조 창고가 조화롭게 늘어서 있어 무척이나 이국적인 느낌이다. 때때로 헛헛한 마음밭을 헤맬 때나 수심 가득한 그늘을 벗어나고 싶을 때 이곳에 와 있고 싶다는 생각을 하던 그가 발걸음을 멈춘다. 한때 1,140미터에 달하는 이 운하를 매립할 것인지를 놓고 논쟁이 벌어져 일부를 매립했지만 여전히 관광 명소로 인기가 높단다. 손바닥 크기의 정사각형 돌로 만든 운하 옆 산책로를 따라 각종 유적과 63개의 가스등이 설치되어 있어 어둠이 깔리니 마치 유럽의 베네치아에 와 있는 듯하다. 잠시 그의 렌즈가 숨을 멈춘다. 아슴한 가스등 불빛 아래 수면 위의 잔잔한 파장이 온통 은빛이다. 쉼 없이 너울거린다.

이 햇살과 공기를 나와 함께 마시는
착하고 고요한 생물체여!
그대는 전에도 그랬듯이 나의 마음에
기쁨을 주고

철지난 바다에서 건지다

그대의 온유한 성품까지
조금씩 내어주는 것인가!

-워즈워드가 데이지에서

관광지에는 어느 곳이든 기념품 판매상이 즐비한 법이지. 오타루운하 주변에도 예외가 아니다. 이곳 홋카이도에서 활동하는 공예가들의 작품을 전시, 판매하는 공예관에 들어서는 그의 렌즈가 입을 쩍 벌린다. 어린아이의 손톱 크기보다도 작은 정교한 유리장식품들이 시선을 제압하는가 하면 청아하고 아름다운 소리로 모든 이들의 귀를 모으게 하는 오르골 전시장 또한 그의 렌즈가 놓칠 리 없다.

문득 허기가 돈다. 이럴 때 입안을 달콤하게 적셔주는 건 어떨까. 오타루의 명물인 6단 아이스크림을 사들고 재빠른 입놀림을 시작한다. 그다지 타인의 시선이 머물지 않는가 하면 불편하지도 않은 곳이 이방인의 여행지라지. 그런 곳에서의 추억은 어떤 상황이든 기억 속에 오래오래 남는 것이라지.

그의 렌즈에 으슴한 밤기운이 내려앉는다.


## 숙박지에서

인간에게 있어서 불행의 유일한 원인은
자신의 방에 고요히 머무는 방법을
모른다는 것이다.

—파스칼

여행자의 심리에는 낯선 방문지를 통해 자신의
몸을 어디까지 낮출 수 있는지를 알아보려는 것과
그곳에 사는 사람들을 바라보며 자신을 새로이 탄
생시키려는 의도가 깔려 있는 것은 아닌지. 세상을
다 알아낼 만한 나이가 될수록 그 의도가 더욱 분명
해지는 건 아닌지….

저물어 가는 밤과 손을 맞잡고 료칸(숙소)으로
들어선다. 그의 렌즈에 맨 먼저 들어선 건 다름 아
닌 몇 개뿐인 객실에 딸린 2만여 평의 넓다란 정원

이다. 자연이 선물한 밤과 인간이 만들어낸 조명이 사이좋게 줄지어 있는 곳. 중년 이상의 남자들로 구성된 직원들의 표정에 고객에게 최선을 다하는 겸손한 자세가 사뭇 배어난다. 기본적인 투숙 절차를 마치고 일본 전통의 다다미방 한가운데 가이세키 요리가 차려진다. 가이세키 요리란 일본 에도시대부터 귀빈들에게 제공해 오던 연회용 정식 요리로 처음부터 음식을 모두 차려서 내어놓는 혼젠 요리와는 달리 계절에 어울리는 지역의 특산물로 꾸며진다. 그 요리가 순서대로 하나씩 차려진다. 헤야 스쿠라는 방식의 객실에서의 식사는 일본인 특유의 공손한 태도(일본 전통복장인 기모노를 갖춰 입고 무릎을 꿇은 채 이마가 땅에 닿도록 절을 한다)로 시작한다. 현지 특산물을 비롯하여 계절과 날씨에 맞게 신선한 재료를 녹여 담아내는 전통요리. 입보다 눈이 더 즐거운 그의 렌즈가 더욱 바쁘게 돌아간다. 매사 작게, 더 작게 만들어 내는 데에 가히 일품 솜씨를 자랑하는 소형 천국, 일본.

전경득 에세이

간간이 부는 바람결에 스치듯 옛 추억이 둥지를 튼다. 아주 천연덕스럽게.

철지난 바다에서 건지다

# 한국 현대시문학의 거장을 찾아서
## _황금찬, 채수영

　한국의 현대시문학의 거장 황금찬 시인과의 만
남을 위해 오월의 한낮을 가로지르는 햇볕을 마주
하며 떠났다. 모내기 준비가 한창인 논두렁에서의
개구리 화음이 유난히 정겨운 그곳은 경기도 이천
시 모가면 소고리 마을이다. 문학평론가이자 시인
이신 채수영 님의 아름다운 삶이 고스란히 녹아 있
는 곳. 마디마디 송화를 이고 있는 소나무로 둘러싸
인 그 곳은 저 멀리 나지막한 산봉우리들이 따뜻하
게 감싸주고 있는 평화로운 터전이다.

　어느 처마 끝이 그리 고고하랴. 한옥만을 고집
하는 유명 건축가의 섬세한 손끝이 고스란히 녹아
든 곳. 사방 벽이 유리여서 태양의 뜨고 짐을 모두
함께 할 수 있다는 문사원(文士園)에 도착했다. 우리

는 동화작가로서의 순수한 미소가 가득하신 사모님과 반가운 인사를 나눈다. 문사원은 조그만 마당을 가운데 두고 양 옆으로 허정당과 청조원이 마주하고 있다. 허정당(虛靜堂)은 마음을 깨끗이 하는 곳이라는 뜻을 가진 본채로서 채수영 시인 내외가 거주하는 곳이며 청조원(聽鳥園)은 새 소리를 듣는 동산이라는 뜻으로 문하생들과 함께 모여 글을 쓰고 정담을 나누는 곳이란다.

우리는 자갈돌이 고운 마당에 자리를 잡았다. 외장용 방부목 데크 옆에서 고고한 자태를 뽐내고 있는 나무 한 그루가 문득 내 시야에 들어온다. 짙푸른 녹음을 만드는 한여름에 눈부신 하얀 꽃을 피워내는 때죽나무다. 낙엽 소교목으로 산과 들의 낮은 지대에서 주로 자라며 유월의 바람을 타고 아래로 아래로 피어나는 겸손함에다 참을 수 없는 매운 향기를 가진 그 때죽나무를 한참이나 바라보고 있노라니 사모님이 다가오신다. "이 꽃도 예쁘죠? 인동초랍니다. 참 아름답지요?" 겨울 눈발을 고스란

47

철지난 바다에서 건지다

히 이겨낸다는 꽃. 처음에는 흰색이었다가 나중에
는 노란색의 꽃이 피는 인동초가 그 옆에서 제법 키
를 불리고 있지 않은가. 입술 모양의 화관에 고고한
자태를 뽐내는 인동초였다.

　황금찬 시인과 채수영 시인의 관계는 오랜 선후
배이자, 더없는 문단의 지기(知己)다. 몇 해 전인가,
채수영 시인이 도시를 벗어나 이천으로 터전을 옮
긴 후 황금찬 시인께 주옥같은 시문학 강의를 청하
고자 여러 번 시도하였으나 사정이 여의치 않아 번
번이 기회를 놓쳐버린 터였다. 그러던 중 이번에 각
지역에서 활동하고 있는 두 시인들의 지인이자 시
모임에서 의견을 모아 이번 강좌를 실시하게 된 것
이다.

전경득 에세이

바람의 몸짓

채수영


풀죽은 일상을 데리고
길을 나서면
기다리는 사람은 오지 않고
부끄러운 자리가 방석을 편다

바람의 거친 몸짓으로
꽃잎은 눈물 되어 흐르고
밤은 어디쯤에서
오는가

내가 쓴 시로 내 가슴을 덮지 못하고
밤마다 동물로 둔갑하는
사람 그리워하는
의희한 숨소리
흔적들의 아픔

철지난 바다에서 건지다

채수영 시인의 가슴 뜨거운 명시를 음미하며 허정당의 처마 끝에 매달린 풍경 소리에 귀를 맞대는 사이, 드디어 우리가 기다리는 황금찬 시인이 오셨다.

　　황금찬 시인은 1918년에 출생하여 강릉에서 교직생활을 하시다가 1951년 시동인 '청포도'를 결성해 활동하였으며 1953년 〈문예〉와 〈현대문학〉을 통해 정식 등단했다. 이후 중고등학교에서 33년간 교사로 재직했다. 다작(多作) 시인으로 손꼽히며 『현장』, 『5월의 나무』, 『오후의 한강』 등 30여 권의 시집과 『행복과 불행 사이』 등 15권의 수필집이 있다. 2001년부터 강릉의 해변시인학교 교장으로 활동하고 있다.

전경득 에세이

오월이 오면

황금찬


언제부터 창 앞에 새가 와서
노래하고 있는 것을
나는 모르고 있었다

深山 숲내를 풍기며
오월의 바람이 불어오는 것을
나는 모르고 있었다


저 산의 꽃이 바람에 지고 있는 것을
나는 모르고
꽃잎 진 빈 가지에 사랑이 지는 것도
나는 모르고 있었다


오늘 날고 있는 제비가

작년의 그놈일까
저 언덕의 작은 무덤은
누구의 무덤일까

오월은 사월보다
정다운 달
병풍에 그린 蘭草가
꽃피는 달

미루나무 잎이 바람에 흔들리듯
그렇게 사람을 사랑하고 싶은 달
오월이다

 

황금찬 시인의 주옥같은 강의가 시작되자 경청이라도 하려는 듯 문사원에 부는 바람도 고요하기만 하다. "내가 가장 좋아하는 시인은 중국 전국시대 초나라의 위대한 시인이자 문장가인 굴원입니다." 노시인의 강의는 이렇게 시작되었다. 굴원은 너무도 청렴결백하여 간신배의 모함을 받다가 결국은 쫓겨나게 됩니다. 어느 날 굴원이 상강(湘江) 주변을 거닐면서 시를 읊고 있었습니다. 그의 얼굴빛은 초조했고 모습은 마른 나무토막처럼 야위었습니다. 그때 어부가 그를 알아보고 다가와 물었습니다. "높으신 분이 어떻게 이곳에 와 계신지요?" 굴원이 대답하기를 "세상이 다 혼탁해 있는데 나만 혼자 맑았고 모든 사람이 취한 듯 비틀거리는데 나 혼자만이 깨어있었더니 그런 까닭으로 쫓겨났다오." 굴원의 이 말을 들은 어부가 말하기를 "큰사람은 사물에 얽매이거나 구애받지 않고 능히 세상과 더불어 그 뜻을 옮긴다고 하는데 어찌 혼자만 깊은 생각에 빠져서 스스로 쫓겨나게 되었습니까?" 다시 한번 반문하니 굴원이 단호하게 대답하였습니다. "강물에 뛰어들어 물고기의 밥이 될지언정 어찌 희디흰 순백(純白)으로 세속의 먼지를 뒤집어쓴단 말이오." 이때 굴원의 말을 듣고 어부가 빙긋이 웃더니 뱃전을 두드리며 읊조리기 시작했습니다.

철지난 바다에서 건지다

창랑(滄浪)의 물이 맑듯 세상이 맑아지면
나아가 벼슬하여 갓끈을 씻으리라
창랑(滄浪)의 물이 흐리듯 세상이 혼탁하면
숨어서 자적하며 발이나 씻어야지

어부가 떠나가고 결국 굴원은 멱라수(汨羅水)에 몸을 던져 스스로 생을 마감했습니다. 도도히 흘러가는 멱라의 수심을 한동안 굽어보더니 커다란 돌 하나를 가슴에 품고 몸을 던진 것이었습니다.


심상


황금찬


욕구불만으로 우는 놈을
매를 쳐 보내고 나면
나뭇가지에서 노래하는 새 소리도

전경득 에세이

모두 그놈의 울음소리 같다


연필 한 자루 값은 4원
공책은 3원
7원이 없는 아버지는
종이에 그린 호랑이가 된다


옛날의 내가
월사금 40전을 못 냈다고
보통학교에서 쫓겨 오면
말없이 우시던 어머니의 눈물이 생각난다


그런 날
거리에서 친구를 만나도
반갑지 않다
수신강화 같은 대화를
귓등으로 흘리고 돌아오면


울고 갔던 그놈이

잠들어 있다
잠든 놈의 손을 만져본다


황금찬 시인, 그는 영원한 자유인(人)이며 정(情) 많은 사람임에 분명하다. 황금찬 시의 특징은 종교적 인식에 근거한 사랑과 화합을 다루고 낭만적 서정성을 잘 갖추고 있다.


행복을 파는 가게

황금찬


사랑 받기를 원하는가

사람아
받고 싶은 사랑보다


56

한 세 배쯤
남을 사랑하라
사람아

세상에는
행복을 파는 가게가 없다네
또 하나의 하늘을
창조하고
꿈의 성문을 열면
열대의 님프가 피어 올리는
이름 없는 꽃 한 송이

보이는 것은 모두 순간적인데
그러나 보이지 않는 것은
영원한 강물

신앙의 배를 띄우고
나 한 마리 백조

철지난 바다에서 건지다

등을 밝히고
잃어버린 구름 한 방울
그 속에 눈뜨는
청자에 그린 새 한 마리


　황금찬 시인의 단호한 어조의 강의는 지칠 줄
모르고 이어져 간다.
　"한국인은 피와 총, 칼로 글을 씁니다. 그래서
노벨 문학상을 받을 수가 없는 겁니다. 사랑과 평
화, 행복으로 글을 쓰십시오. 우리나라의 문학은 아
주 많습니다. 그러나 좋은 문학이 아닌 명함을 찍기
위한 작가가 되어서는 안 됩니다. 책을 가장 많이
읽는 국민이 미국 국민이고 우리는 거의 아프리카
수준인 27위에 그치고 있습니다. 책을 많이 읽읍시
다. 저는 앞으로 죽는 날까지 시를 쓰고 싶습니다.
제 시집이 나오지 않는다면 그건 제가 죽었기 때문
일 겁니다. 저는 박목월 선생의 시를 좋아하고 약
100편의 시를 암송하고 있습니다."

황금찬 시인의 시 세계는 처음부터 끝까지 소박하고 진솔한 감정과 맑고 투명한 신앙적 고백으로 이어져 있다. 그만큼 그의 시적 관념이나 이미지의 성격은 투명성을 특징으로 하고 있다.


어느 날의 나그네


황금찬


여행은 승리도 패배도 아니고
고향 강물 위에 뜬 꽃잎 같은 것
이름 모를 목로주점에 앉아
듣고 있는 아리랑도
회색 깃발에 휘날리고 있다

갈곳은 정하지 않은 채 떠나야지
이 정에 구애받지 말아야 하고

철지난 바다에서 건지다

나그네엔 하늘같은 자유
그 자유를 누리기 위하여
나는 어느 날
나그네가 된다


황금찬 시인의 휑한 머리 숲에 저녁 햇살의 그림자가 다가설 무렵에야 우리는 노시인의 넉넉한 강의에 기립박수를 보내고 있었다. '시인은 늙고 병들어도 유행이 날아간 언어는 쓰지 않는다.'던 황금찬 시인 어록 속의 한 글귀가 생각난다. 중간 중간 주옥같은 시가 낭송되는 사이 채수영 시인의 마무리 강의가 이어진다.

"시는 자연과 인간 현상을 통찰할 수 있어야 합니다. 옛날에 스핑크스가 물었지요. 처음에는 네 발, 두 번째는 두 발, 세 번째는 세 발로 걷는 것이 무엇인가? 바로 인간을 말합니다. 인간이 인간다울 수 있도록 만드는 자양분으로서, 문학의 역할을 다하는 우리 문인들이 됩시다. 또한 문학은 선후배가

전경득 에세이

없습니다. 좋은 작품이 서열을 만듭니다. 한 편의 시를 쓰더라도 최선을 다함으로서 만족한 삶을 꾸려 나가시길 바랍니다."

황금찬 시인과 채수영 시인의 문학적 감수성을 아우르고 있는 풍요로운 문사원은 어느덧 두 시인의 오랜 우정의 깊이를 더하여 더욱 낭만적인 저녁 노을을 드리우고 있었다. 대시인에 대한 따뜻한 배려가 가득했던 의미 있는 만남이었다.

문학이 타락했다고들 하지만
문학은 인간이 타락한 만큼만
타락할 뿐이다                    _괴테


    독일문학사상 최고의 시인으로 격찬 받는 괴테
(Johann Wolfgang Von Goethe, 1749~1823)를 기
리고자 하니 그가 단순한 시인이 아니라 예술과 과
학에 대한 학문적 관심과 업적이 숨어드는 것 같아
마음 한쪽이 언짢아진다. '천재는 어린아이와 통한
다'는 말에서처럼 괴테는 늘 낙천적인 태도를 잃지
않고 다양한 학문에서 인생을 건져 낸 문화예술인
이다.

    우리는 늘 오래살기를 원하면서도 정작 그 방법
에 대해서는 허술하기 짝이 없다. 오래 살기 위해서
는 어떻게 살 것인가에 대한 영적 가치를 내세워 끊
임없는 사색을 동반할 필요가 있다.

    라 부뤼에르(1645~1696, 프랑스의 도덕주의자)는
이렇게 말한다. '남은 인생을 비참하게 만들기 위해

전경득 에세이

현재의 시간을 허비하는 사람들이 많다.' 청년기의 왕성한 혈기만으로 단순하게 저지르는 일이 말년에는 뼛속 깊은 후회를 동반하는 삶이 비일비재하기 때문이다. 인생이란 장미 화원처럼 늘 아름답고 고요하기만 한 것도 아니고 그렇다고 전쟁터도 아니다. 우리가 가지고 있는 영과 육의 적절한 선용(善用)만이 전반적인 인생을 풍요롭게 하는 것이다. 즉 육신의 양식만으로 살아서도 안 되며 또한 영혼의 쏠림도 그 해답이 아니다.

이제 이쯤해서 괴테가 남긴 인생과 자연, 예술에 대한 깊은 통찰을 하나하나 들여다보기로 하자. 그가 남긴 시어들을 통해 점점 빗나가고 있는 문학 현장을 짚어보고 그 효과적인 역할을 알아보고자 한다.

〈괴테 시구 I〉
요즘 시인들은 잉크에 물을 잔뜩 섞는다.

잉크는 완제품이다. 그 자체로 모든 소용됨에 부족함이 없다. 그럼에도 불구하고 어줍짢은 단어를 마구 조합해서 마치 새로운 시어를 창조해 내는 듯한 오류를 범하기 십상이다. 우리를 스치는 상황에 대한 근원적 현상을 내밀하게 들여다볼 줄 아는 지혜. 그것만이 시인의 자세요, 책무라고 본다.

〈괴테 시구 II〉
셰익스피어는 은쟁반에 황금사과를 얹어서 우리에게 준다. 우리는 그의 희곡을 연구하여 얻은 은쟁반 위에 불행히도 감자나 얹고 만다.

우리의 인생에서 궁극적으로 꼭 필요한 것은 오로지 한 가지뿐이다. 인격이다. 돈, 권력, 능력, 자유, 심지어는 건강도 필요치 않다. 완벽하게 수양된 인격이 우리 자신을 진정으로 구제해 줄 수 있지 않을까. 인격이란 우리 스스로 만드는 것이다. 우리의

전경득 에세이

선천적인 결함을 등한시하지 말고 그 둔함에서 즐거움을 찾지도 말고, 끊임없이 결함의 결함을 알아내도록 노력해야 할 것이다.


〈괴테 시구 III〉

시에는 걸작과 절대로 존재해서는 안 되는 것, 단 두 가지뿐이다. 인간은 자신이 본 것을 형상화하고픈 막연한 욕망을 갖게 마련이지만 그런 욕망이 자신이 기도하는 대로 성취할 역량이 있다는 증거가 되지 않는다.


우리는 행복해지기 위해 숨 쉬는 존재인지도 모른다. 그리하여 시라는 도구를 이용하여 행복을 창출해 내는 과정을 반복한다. 그러하기에 인생에서 거둬들여야 하는 가치를 위해 매순간 끊임없는 정신적 노력이 수반될 수 있어야만 한다. 어중간한 필체로 그저 눈에 보이는 대로, 마음 가는 대로 표현

철지난 바다에서 건지다

하는 글쓰기에서는 근원적 행복을 기대할 수 없기
때문이다.


〈괴테 시구 IV〉
고대의 문학작품은 성실하고 조심스러우며 절
도가 있다. 그러나 근대의 작품은 규율성이 없고
술에 취한 것만 같다.


우리의 인생이 비천하고 추하더라도 그것을 바라
보고 표현하는 데에는 따뜻한 시선의 사랑이 수반되
어야 한다. 사랑의 필체로 다루어진 문학작품을 통
해 영적 능력이 계발되고 정확한 의도가 내비쳐질
수 있으므로… 이에 궁극적으로 문학이 우리네 인생
에 필수적인 장르로 자리매김 할 수 있으리라.

전경득 에세이

〈괴테 시구 V〉

독자는 자신들을 마나님처럼 다뤄주기를 바란
다. 그렇기 때문에 그들에게는 그들이 듣고 싶어
하는 것 말고는 아무 말도 해서는 안 된다.


문학작품이 그 소용을 따라가지 못하고 비뚤어
진 자신의 시선대로만 쓰인다면 독자의 품에 반갑
게 안길 수 없다. 그들의 시선을 따라 하녀의 마음
으로 겸손하게 써 내려간다면 어느 순간 문학작품
이 마나님 같은 독자들의 사랑을 듬뿍 받게 되리라.

우리는 괴테가 남긴 적극적인 시어들을 통해 인
생에서 건져 올려야 할 문학이란 '무엇을 쓰느냐'가
아니라 '어떻게 써야하는가'로 결론을 내릴 수 있
다. 때로는 망원경으로 때로는 현미경으로 인생을
바라보고 그 시선을 좀 더 따뜻하게 가다듬고 인격
적이고 도덕적인 잣대로 써내려갈 때 인간의 타락
을 막아낼 수 있지 않을는지. 다시 한번 생각해 볼
일이다.

# 새처럼 맑은 영혼이어라_천상병

투명한 5월을 여는 창가에 비치는 한 영혼의 그림자. 우리 시대의 대표적 순수시인이자 마지막 기인으로 남을 시인 천상병(1930~1993)을 새처럼 날려 보낸 지 어느덧 20년이 흘렀다. 그의 나이 37세이던 1967년, 동백림사건(1967년 7월 8일, 중앙정보부가 발표한 간첩단 사건으로 당시 한국에서 독일과 프랑스로 건너간 194명의 유학생과 교민이 동베를린의 북한대사관과 평양을 드나들며 간첩교육을 받고 대남적화활동을 하였다는 내용)에 연루되어 중앙정보부에 의해 심한 고문을 당하고 옥고를 치른 탓에 몸과 마음이 멍들었다. 자식도 가질 수 없는 몸이 되었고 온갖 부당한 처사에도 '나는 세상에서 가장 행복한 사람'이라고 자신만만한 표정을 보일만큼 맑은 영혼의 소유자. 그 엄청난 고통을 시어로 승화시켜내는

전경득 에세이

아름다운 삶의 주인공이었다. 가난, 방탕, 주벽, 무지의 네 박자 속에서도 우주의 근원과 죽음, 그리고 피안의 세계를 간결하게 압축한 시를 썼다.


그날은
-새


이젠 몇 년이었는가
아이롱 밑 와이셔츠같이
당한 그날은.

이젠 몇 년이었는가
무서운 집 뒷창가에 여름 곤충 한 마리
땀 흘리는 나에게 악수를 청한 그날은.

내 살과 뼈는 알고 있다.
진실과 고통

그 어느 쪽이 강자인가를.

내 마음 하늘
한편 가에서
새는 소스라치게 날개 편다

온갖 전기고문으로 죽음에 이르는 공포를 느끼면서 그 상황속의 자신을 한 마리의 새로 승화시켜 내는 시를 통해 우리는 천상병 시인의 내면에 살고 있는 새처럼 자유로운 영혼을 만날 수 있다.

젊은 병사의 적진지에서 지루함을 달래는 도구로 사용한 새

있는 것과 없는 것의 미묘한 간격을 표현한 새

고요함 가운데서 날지도 울지도 못하고 상처 깊은 모습을 비유한 새

눈부신 햇살을 함께 따라나선 그늘을 위무하는 새 등 천상병 시에 등장하는 새의 형상은 무척 맑고

따뜻하다.

1993년 4월 28일 봄비가 추적추적 내리던 그날 천상병 시인은 고단한 이 세상에서의 소풍을 끝내고 하늘로 돌아갔다. 그에게 들어온 몇 백만 원의 조의금은 시인의 가족에게는 난생 처음 만져보는 큰돈이었다. 어디 귀한 곳을 찾아 숨긴다는 것이 아궁이 속이었다. 안타깝게도 그 사연을 모르는 천상병의 아내는 그 아궁이에 불을 지폈고 결국 한줌의 재로 날아가 버렸다. '만악의 근원'인 돈으로는 그의 천진한 시심을 지킬 수 없었음일까.

매년 그의 기일에 맞춘 오월 즈음에 의정부 예술의 전당에서 '천상병예술제'가 열린다. 그의 작가 정신을 계승하고 지역시민들과 함께 천상병 시인을 승화시켜 만들어낸 다양한 프로그램을 진행한다. 천상병의 시를 주제로 한 음반발매와 콘서트가 열리는가 하면 〈귀천〉이라는 창작무용극은 여러 기관의 상을 받을 만큼 그 작품성을 인정받고 있으며 '천상병 시문학상'이 10년째 그의 시 정신을 이어오고 있다. 그뿐만이 아니라 친구의 여동생이었던 부인 문순옥 여사와의 생활유품전, 시낭송대회 등등 예술단체와의 협력으로 천상병 시인의 문학정신이 깊이 새겨가고 있는 것이다.

나 하늘로 돌아가리라/새벽빛 와 닿으면 스러지는/이슬 더불어 손에 손을 잡고/아름다운 이 세상 소풍 끝내는 날/가서 아름다웠더라고 말하리라는 그의 대표작 「귀천」에 이어 이제는 새가 되어 하늘로 소풍을 떠난 그의 맑은 영혼을 기려본다.

# 녹음예찬

6월이다.

노랑 빨강 분홍빛 꽃으로 선연한 봄을 노래하였
던가. 그 향기가 시들기도 전에 새벽안개처럼 진군
해와 푸르른 녹음으로 물드는 첫여름이다.


유월의 숲에는


이해인


초록의 희망을 이고
숲으로 들어가면
뻐꾹새

철지난 바다에서 건지다

모습은 아니 보이고

노래먼저 들려오네

아카시아 꽃

꽃모습은 아니 보이고

향이 먼저 날아오네

나의 사랑도 그렇게

모습은 아니보이고

늘

먼저 와서

나를 기다리네

(하략)


## 녹음방초(綠陰芳草)

푸르게 우거진 나무와 향기로운 풀이 가득한 여름의 초입. 그 첫여름을 맞이하는 우리는 그토록 다정한 꽃과의 이별 앞에서 연민어린 시선을 보낸다. 더는 피울 수 없고 더는 세월의 기세를 이길 수 없어 차라리 이파리에 숨어드는가. 하얀 아카시아 꽃

향기에 취해 민낯을 드러내는가 하면 저편에서 살랑대는 훈풍(薰風)이 녹음을 흔들더니만 결국 녹우(綠雨)를 기다리는 계절의 나그네가 되고마는… 그 것이야말로 답답한 우리네 가슴을 시원하게 뚫어주는 특효약이 아닐는지.


6월의 달력


목필균


한해 허리가 접힌다.
계절의 반도 접힌다.
중년의 반도 접힌다.
마음도 굵게 접힌다.

동행길에도 접히는 마음이
있는 걸

헤어짐의 길목마다 피어나는

하얀 꽃

따가운 햇살이 등에 꽂힌다.


문득 찾아온 끈적한 더위로 계절의 변화를 실감할 즈음이면 온통 주변은 녹음방초라. 무성한 잔가지에 시달리던 나무는 새순을 위한 가지치기로 더 푸르르다. 더는 물들지 않을 듯, 더는 변하지 않을 듯한 기세로 자랑도 나섬도 없이 저마다의 푸른 복장으로 서로를 기대는 그 의연한 자태에 위는 첫사랑의 품인 듯 다가가 안긴다. 백년을 살아도 은행잎이요, 천년을 살아도 플라타너스인 채로.

해마다 그렇게 태어나서 화장도 분장도 하지 않는 녹음은 수시로 변형과 성형을 일삼는 우리에게 변함없는 교훈이리라.

전경득 에세이

# 환영으로 예술을 빚다

## _쿠사마 야요이

　한 소녀가 있다. 고작 열 살일 뿐인데 매순간 무엇인지 모를 환각의 상태에 머무는 질환을 겪는다. 자주 정신을 잃고 발작을 하는 소녀를 어머니는 무작정 매질만 한다. 딸의 비정상적인 행동이 이해가 되지 않는다. 불쾌하다. '교육이 부족한 탓이려니' 하여 정신이 들 때까지 끝도 없는 매질을 한다. 점점 더 소녀의 병은 깊어지고 곪을 대로 곪아 자신의 내면에 완전히 갇혀버린다. 그러던 어느 날, 소녀는 식탁보의 꽃무늬가 살아난 듯 둥둥 떠다니는 환영에 시달린다. 형형색색의 꽃은 물방울 형태의 동그라미로 변하여 둥둥 떠다닌다. 바닥으로, 천장으로, 창밖으로, 가구와 집기들에도. 심지어 자기의 몸에도… 그 잔상이 망막에 고정된 채 오래오래 그녀를 떠나지 않는다. 밤에는 보이지 않지만 해가

철지난 바다에서 건지다

떠오르면 다시 실체가 되는 물방울. 소녀의 기억 속의 방에는 온통 물방울이 가득하고 점점 그것으로 온통 세상이 뒤덮여간다.

쿠사마 야요이(1929~)는 일본 나가노 현의 제법 부유한 가정에서 태어났다. 현재 살아있는 세계적인 작가 중의 한 사람으로 조각, 설치미술, 퍼포먼스, 회화, 문학, 영화, 패션디자이너까지 그야말로 전방위적 예술가이다. 1993년에 베니스 비엔날레 수상, 2003년 프랑스 예술문화훈장을 받았는가 하면 200여 회의 개인 및 단체전, 20여 권의 시와 소설집을 출간하였다. 28세부터 15년 동안 미국에서 머물며 작가로서의 기반을 쌓았고 48세부터 현재까지 정신병원에 입원한 채로 쿠사마 스튜디오를 운영하며 왕성한 작품 활동을 하고 있다.

예술가가 되려고 한 것은 아니었다.
벽면을 타고 끊임없이 증식해 가는

전경득 에세이

하얀 좁쌀 같은 것들을 벽에다 끄집어내어
스케치북에 옮겨 확인하고 싶었다.


-쿠사마 야요이


현재 여든을 넘긴 그녀에게 어릴 적부터 겪어온
편집적 강박증은 그녀의 예술세계에 어떤 영향을
주었을까. 쿠사마의 작품 속에 끊임없이 투영되고
있는 물방울은 바로 열 살적 환영에서 시작된 것이
다. 무한공간을 개념화시켜 자신의 작품 속에 설정
한다. 물방울 콤플렉스에 시달리던 그녀는 점차 흑
백의 어두운 이미지에서 벗어나 칼라의 세계로 접
어든다. 형태는 그대로이되 비로소 집착에서 벗어
나려는 시도인 것이다. 자신의 내부에 꽉 들어차 있
는 이미지를 쏟아낸 결과로 강박증이나 환각증이
오히려 창작의 근간이자 치유의 도구가 되었던 것
이다.
쿠사마 야요이의 작품세계는 물방울뿐만 아니라

철지난 바다에서 건지다

풍선과 거울의 세 가지 아이콘으로 구분되는데 특정한 문양이나 요소들이 반복, 증식, 확산되는 것을 통해 자신만의 독특한 예술세계를 정착시켜 나간다. 끊임없이 이어지는 물방울무늬의 공간에 수많은 거울들이 반복적으로 설치됨으로써 어디로 가야 할지 길을 잃게 만들어 시작도 끝도 없는 무한대의 공간을 느끼게 한다.

호박은 애교가 있고
굉장히 야성적이며
유머러스한 분위기가
사람들의 마음을
끝없이 사로잡는다.
나. 호박 좋아. 너무 좋아
호박은 나에게는
어린 시절부터 마음의 고향으로서
무한대의 정신성을 지니고
세계 속 인류들의 평화와

인간찬미에 기여하고

마음을 편안하게 해 주는 것이다.

호박은 나에게는

마음속에 시적인 평화를 가져다준다.

호박은 말을 걸어준다.

호박. 호박. 호박.

내 마음의 신성한 모습으로

세계의 전 인류가 살고 있는

생에 대한 환희의 근원인 것이다.

호박 때문에 나는 살아내는 것이다.


-쿠사마 야요이


그녀의 작품 속에는 영혼의 저편에 대한 갈증을 해결하려는 시도가 곳곳에 나타나있다. 썩어 들어가는 내면의 상처를 치료하기 위한 구원을 담은 '고백', 관객의 모습을 우습게 만드는 물방울 형태의 수많은 볼록거울로 뒤덮인 '보이지 않는 거울', 대

철지난 바다에서 건지다

기중에 떠다니던 물방울이 갑자기 얼어버린 듯 저마다 바닥면에 내려앉은 '나르시스 정원'이 그 예이다. 또 깊숙이, 더 깊숙이 나열된 반복적인 불빛으로 영혼의 안식을 동경하는 것이다. 실제로 그녀는 수차례 자살을 시도해 왔다. 그 끝에 내면의 평안을 얻은 것일까.

그녀는 말한다. "나는 나를 예술가라고 생각하지 않는다. 나는 유년시절에 시작되었던 장애를 극복하기 위해 예술을 추구할 뿐이다."

자신 속에 평생 동안 똬리를 틀고 있는 정신병리학적 환영을 예술세계로 빚어냄으로써 지병치료와 작가입성이라는 두 마리의 토끼를 잡은 쿠사마. 그녀에게 진정으로 따뜻한 박수를 보낸다.

전경득 에세이

# 행복으로 가는 길목

영화 〈캬바레〉에는 주인공 셀리가 자신의 남자 친구인 브라이언을 베를린의 고가철도 아래로 데리고 가는 장면이 나온다. 곧 귀가 멍멍하도록 굉음을 울리는 기차가 철도 위로 질주해 온다. 그 소리를 배경이라도 삼듯 셀리는 목청껏 소리를 지른다. 브라이언도 그녀를 따라 고래고래 고함을 질러대기 시작하는데, 기차가 저 멀리 떠나갈 때까지 그들은 소리 지르기를 계속한다. 빨갛게 상기된 얼굴로 서로 마주보고 웃으며 행복한 표정을 짓는다. 젖먹이 아기들이 있는 힘을 다해 울어서 긴장을 풀 듯 숨어서 지르는 소리로, 쌓인 반감을 해소해 보려는 행동이 1970년대의 행복을 찾아내는 방식이었을 것이다.

얼마 전 모 일간지에 경제력 수준 상위 19개 국가를 상대로 국민의 행복지수를 표기한 자료가 실렸다. 1위는 스웨덴, 2위는 캐나다, 3위는 호주 순이며 한국은 간신히 꼴찌를 면한 18위 수준이었다. 이렇듯 경제수준 10위인 한국이 행복수준에서는 월등히 떨어지는 이유는 무엇일까. 어려서부터 남과 비교하여 서열화하는 사회 환경에서 살아가는 관습적 스트레스가 쌓여온 결과로 보아야 할 것이다. 본인의 의지와 상관없이 주거지역이나 점유한 평수로 수준이 객관화되고 부모가 준 외모까지도 서로 비교당하여 스트레스가 된다. 본인이 하고 싶은 일에 가치를 두기 어렵고 오직 물질만능적 사회평가에 의존하여 결국 남들이 많이 가는 곳으로 서열화 되다 보니, 엄청난 경쟁구도 속에 살아가고 있는 것이다. 물론 그렇게 매겨진 지위는 높을수록 의미 있어 보인다. 넓은 공간과 안락한 시간, 그리고 우대받는 삶을 가져다 주므로 외형적으로는 행복해 보인다. 그러나 그 지위를 평생 동안 유지하기 위해서는 내면의 행복을 포기해야만 가능하다. '지위 높은 사람' '이름 있는

84

전경득 에세이

사람'으로서 살아가느라 본래의 자신이 꿈꾸는 삶의 형체를 알아보기 힘들게 되는 것이다.

어떻게 살아야 행복한가. 괴테의 『파우스트』에는 행복을 인생의 목표로 삼고 그 행복을 위해 영혼까지 판 스토리가 있다. "아름다움이여, 내 곁에 있어다오. 너는 행복이니 너무나 아름답구나." 단순한 아름다움만으로 행복을 표현하고 있는 것이다. 행복을 추구하는 것은 뇌 구조와도 관련이 있다. 1953년에 캐나다의 뇌연구가인 제임스 오올즈와 그의 제자 피터 밀러는 실험을 통해 확실한 결론을 얻었다. 쥐의 뇌에 미세한 전극을 이식하고 쥐가 키를 누르면 약한 전류가 흐르게 했다. 놀랍게도 많은 쥐들이 먹지도 자지도 않고 미친듯이 분당 100번이나 키를 눌러댔다. 키를 누를 때마다 전류가 쥐의 뇌 속에 있는 쾌락중심부를 건드렸던 것이다. 이렇듯 살아있는 모든 생물은 가능한 한 행복을 많이 느끼려는 본능적 욕구가 있다. 유감스럽게도 사람은 동물처럼 그렇게 쉽게 행복을 느끼지는 못하기 때문

철지난 바다에서 건지다

에 스스로 지속적인 노력을 해야 하지 않을까.

행복한 순간을 기억 속에 저장해 두는 것도 노력과 반복 훈련이 필요하다. 훈련으로 단단해진 근육은 자주 이용되는 근육을 결합하여 노화되는 세포를 탄력 있게 해 준다. 그러므로 행복해지려면 다소 성가시지만 훈련을 해야 한다. 자신의 성향과 취향에 맞는 것을 가까이 하면 쉽다. 그림을 좋아한다면 틈날 때마다 혼자 갤러리를 찾아다녀 보라. 문득 자신이 꿈꾸던 작품과 마주쳤을 때의 쾌감이 곧 행복이다. 글쓰기를 즐기는 문학도라면 휴일을 온전히 대형서점에서 보내라. 무심코 펼친 페이지의 한 줄로도 쾌락중심부를 흔들 수 있다. 또 음악을 좋아하는 취향이라면 딱히 집을 나서지 않더라도 거실 밖 테라스에 걸터앉아 라흐마니노프의 피아노 협주곡을 들으며 밤하늘의 별을 세어 봐도 좋을 것이다. 이런 시간이 자주 주어질수록 두뇌에는 행복을 위한 긍정의 에너지가 쌓이고 더불어 켜켜한 부정의 에너지는 설 자리를 잃게 되는 것이리라.

전경득 에세이

# 빈자(貧者)의 성자
## _프란체스코 교황

바티칸의 교황청 출입기자에 의해 쓰인『안녕하세요? 교황입니다』라는 책 속에는 프란체스코 교황의 어린 시절 '첫사랑'에 대한 일화가 소개되어 있다. 이제 막 십대에 들어선 소년은 동갑내기 소녀와 매일 오후를 함께 한다. 소년은 "만약 내가 너와 결혼하지 못한다면 신부가 될 거야!" 하고 소녀를 향한 사랑의 약속을 전한다. 결국 소녀 아버지의 반대로 둘의 만남이 지속될 수 없었고 소년은 그 약속을 지키게 된다. 신부가 된 것이다. 그 후로 60년의 세월이 흐르는 동안 두 사람의 만남은 물론 서로의 소식조차 알지 못한다. 프란체스코 신부가 교황이 되었다는 소식을 듣게 된 즈음 소녀는 세 명의 자녀와 여섯 명의 손주를 둔 할머니가 되어 있다. "아! 프란체스코. 당신에게 전능하신 하나님의 축복이 있

기를⋯!" 이 한마디로 어릴 적 풋사랑을 다시 가슴
에 새긴다.

　　세계 가톨릭의 수장인 프란체스코 교황이 한국
땅을 밟던 날, 하늘을 구른 한 점 없이 맑았다. 자
생적으로 신앙의 꽃을 피운 한국 천주교에 대한 애
정과 한반도와 동아시아의 평화를 향한 염원이 담
긴 교황의 방한을 반기는 건 신자이건 비신자이건
한마음이다. 교황의 이런 폭발적인 인기비결은 무
엇일까. 만약 흔한 종교지도자의 이력처럼 어려서
부터 성자로서의 훈련된 삶을 살았더라면 지금처럼
종교를 초월한 대중의 인기를 누릴 수 있었을까. 대
학에서 화학을 전공한 프란체스코는 심한 흡연 경
험에, 탱고 춤에 푹 빠져들었는가 하면 여자 친구
를 가까이 하는 등 세계의 성역으로 불리는 종교지
도자의 이력이라기에는 괴리가 있고 낯설기까지 하
다. 그러나 이런 평범하고 퇴폐적이기까지한 청년
기를 보냈기에 어쩌면 세속을 초월하여 더 깊고 넓
은 세상을 품으려 할 수 있었을지도 모른다. 평소에

버스를 즐겨 타고 다니는가 하면 교황의 관사를 마다하고 일반 신부와 같은 작고 초라한 방에 거처하고 자신의 생일에 고위직을 초대하는 근사한 파티가 아닌 노숙인을 초대하여 한 끼의 식사를 나눈다. '청빈'의 삶을 실천하고 있는 것이다.

8월은 원래 로마 교황청의 휴가기간이다. 역대 교황들은 로마 인근도시에서 휴가를 보내지만 프란체스코 교황은 취임 첫해인 지난해 브라질에 방문하여 고통과 근심이 쌓인 사람들이 위로받는 자리를 만들기도 했다. 이어 올해에도 여름휴가를 반납하고 이 땅에 찾아온 것이다. 이번 서울공항으로의 입국 시에도 기본적인 의전행사는 물론 바티칸 한국대사관 측이 제안한 화동(花童) 조차도 거절했다. 바로 '겸손'의 삶이다.

프란체스코 교황은 무슬림의 발에 기꺼이 입 맞춘다. '언제나 뜻이 통하는 우리끼리만 얘기한다면 그런 공동체는 더 이상 생명의 공동체가 아니다. 차이를 넘어 공동의 선(善)을 추구하는 것이 인

간의 숭고한 소명이다'라고 말하며 '관용'의 삶을
실천한다. 그래서일까. 프란체스코 교황의 인기는
'유창한 연설이나 대단한 몸짓이 아니라 극히 평범
하고 일상적인 것들 때문'이라는 말에 고개를 끄덕
이게 된다.

한국 땅을 밟은 프란체스코 교황의 메시지는
한반도의 평화였다. "평화는 단순히 전쟁이 없는
것이 아니라 정의의 결과이고 정의는 과거의 불의
를 잊지 않고 용서와 협력을 통해 그 불의를 극복
하라고 요구한다."라고 말하고 있으며 또한 "평화
의 부재로 오랫동안 고통받아온 한국 땅에서는 이
러한 호소가 더 절실하게 들릴 것이고 한국의 평화
추구는 전쟁에 지친 전 세계의 안정에 큰 영향을
미치고 있다."는 강력한 메시지로 치하했다.
현재 지구촌 곳곳에서 전쟁이 일어나고 있는
이 상황에 화해와 평화가 절실한 한국 땅에 주는
선물인 듯하다. 특히 세월호 참사 유가족, 탈북자,
일본군 위안부 피해자 등 고통의 최전방에 선 이들

전경득 에세이

에게 이번 프란체스코 교황의 방한은 그 무엇과도
비견할 수 없는 기쁨이자 희망이리라.

철지난 바다에서 건지다

# 지한파(知韓波) 일본인의
# 한국어 사랑 이야기

전 국민의 영어열풍이 불고 있는 시점이기에 굳이 영어공부를 왜 하는지 묻지 않는다. 누구나 한글처럼 읽혀야 하는 세계 공용어이기 때문이다. 그러나 우리가 일본어를 공부한다고 하면 조금은 특별한 시선을 받게 된다. 그것은 우리가 일본에 대해 아픈 역사를 가진 채 살고 있기 때문이리라.

'내게는 한국어의 울림만큼 아름다운 언어가 없다.'

이렇듯 더할 수 없는 강력한 표현으로 한국어를 칭송한 이는 한국인이 아닌 일본인이다. 그것도 전쟁 후 일본시단을 사로잡은 최고의 여류시인이다. 패전 후 일본인들의 무력감과 상실감을 격조 높은 시어로 표현한 이바라기 노리코(1926~2006). 스스로의 우울한 감정을 치유하려는 차원에서 한국어를 접한 그녀는 한국인보다 한글을 더 사랑하게 된다. 이제 다시 만날 수 없는 곳으로 갔으나 한글을 기리는 10월이면 문득 꽃처럼 피어나는 이름이다. 이바라기 노리코는 '한글'을 단순히 '외국어'로만 보지 않고 한글의 고운 숨결을 고스란히 받아들인다. 특히 윤동주시인을 좋아했으며 그의 시어에서 풍기는 한글만의 고유한 울림에 깊은 감명을 받은 것이리라. 한국에 직접 방문하여 일제 강점기나 임진왜란, 한국전쟁 등 한국과 일본의 역사 속 관계를 객관화시켜 이해하려는 노력은 물론 시인으로서의 섬세한 감수성을 십분 발휘한 시 「내가 가장 예뻤을 때」를 한글로 발표한다.


내가 가장 예뻤을 때 거리는 꽈르릉 무너지고
생각지도 않던 곳에서
파란 하늘같은 것이 보이곤 했다.
내가 가장 예뻤을 때 주위의 사람이 많이 죽었다.

공장에서 바다에서 이름도 없는 섬에서
나는 멋 부릴 실마리를 잃고 말았다.
내가 가장 예뻤을 때 나의 머리는 텅 비고
나의 마음은 무디었고 손발만이 밤색으로 빛났다.
내가 가장 예뻤을 때 나의 나라는 전쟁에서 졌다.
그런 엉터리없는 일이 있느냐고 블라우스의 팔을
걷어 올리고
비굴한 거리를 쏘다녔다.
내가 가장 예뻤을 때 라디오에서는 재즈가 넘쳤다.
담배연기를 처음 마셨을 때처럼 어질어질하면서
나는 이국의 달콤한 음악을 마구 즐겼다.
내가 가장 예뻤을 때 나는 아주 불행했고
나는 아주 얼빠졌었고 나는 아주 쓸쓸했다.
때문에 결심했다. 될수록이면 오래 살기로
나이 들어서 굉장히 아름다운 그림을 그린
불란서의 루오 할아버지 같이 그렇게

-「내가 가장 예뻤을 때」전문

전경득 에세이

전쟁에 패하고 난 일본의 거리에서 폭파되어 무너진 건물의 잔해가 여기저기 널려진 모습 속에서도 여전히 시인의 감수성은 살아 숨 쉬고 있으며 전쟁에서 죽어간 지인들을 그리워하는 순수하고 여린 시선을 표현하고 있다. 그 뿐인가. 헤어지고 잃어버린 가족에 대한 그리움을 따뜻하게 녹이는 장면을 통해 작가의 시선이 얼마나 숭고한 곳에 위치해 있는지도 짐작케 한다. 아. 어린 시절에 피우지 못한 '자신'이라는 꽃봉오리를 위해 그리 오래 살고 싶은 것일까.

단 한 권의 시집도 내지 않았지만 꽤 많은 일본 독자들을 사로잡은 이바라기 노리코의 한국어 사랑은 여기서 끝나지 않는다. 물론 『한글의 탄생－문자의 기적』을 쓴 일본 작가 노마 히데키도 있지만 한글을 깊이 이해하고 한글 관련서적까지 출판하는 일본인 이바라기 노리코에게 적지 아니 감동을 받게 된다. 단순히 '이웃나라의 언어'를 공부하는 정도로만 생각한다면 그리 특별할 것 없으나 우리나

라와 일본의 농익은 적대적 입장을 떠올린다면 그
리 쉬운 일은 아니지 않은가.

한국어와 한국문화, 그리고 한국인의 이야기를
담은 『한글로의 여행』이 출판된 건 그녀가 사망한
지 4년 후인 2010년이다. 한국의 문학뿐 아니라 문
화와 풍속, 역사적 스토리를 아우르며 다양한 매체
를 통해 기고했던 이바라기 노리코가 아사히 신문
에 연재된 칼럼을 모아 엮은 것이다.

전후 여성 시인 중에서 가장 폭넓은 사회의식과
건전한 비평정신을 보여 준 시인. 대표적인 지한파
(知韓派) 시인인 이바라기 노리코의 특별한 한국어
사랑에 다시 한번 경의를 표한다.

전경득 에세이

# 시간의 선용(善用)

한창때는 다시 오지 않고
하루가 지나면
그 새벽은 다시 오지 않는다.

－도연명

어김없이 12월이 왔습니다.

지난해 이맘 때. 한 해가 시작되기도 전에 새 수첩을 준비하여 깨알 같은 글씨로 열두 달 계획을 적어놓았습니다. 국가적인 일이나 주변의 크고 작은 행사는 물론 나의 사소한 일과나 바람까지…. 그러나 작심삼일이라지요. 하루가 시작되는 아침이면 상투적인 출근준비를 핑계로, 낮에는 업무 현장이라는 핑계로 낭비되는 시간을 계산하지 않습니다.

저녁이면 다소 느슨해진 마음으로 이것저것 잡다한 일거리를 만들어 보기도 하고 돌발적인 재미를 찾아 나서기도 합니다. 햇빛을 잃은 서글픔에 달빛을 만난 기쁨을 얹어 낭만 가득한 공간에 나를 밀어 넣는 것입니다. 그렇게 한 달, 두 달을 보내면서도 시간이 부족하다고 느낄 때가 간혹 있었을 뿐 주어진 시간이 낭비되고 있다는 생각에 다다르지 못했습니다. 이 얼마나 우스꽝스러운 모습인지요.

시간은 멈추어 있지만
인생은 그 위로 흘러간다.

-탈무드

시간은 손에 쥘 수도 저축할 수도 없습니다. 한 번 가버리면 다시는 돌아오지 않기에 매순간 지속적으로 만나야 합니다. 그런데 그 시간을 발견하지 못하니 하루하루가 덧없이 사라지는 것이지요. 마치 무한대의 나날이 차곡차곡 쌓여있기라도 하듯이 말입니다.

어느 날 나는 숨어있는 시간을 찾아내기 시작했습니다. 나에게 주어진 일상적인 일과 중에서 하고 싶은 일이거나 꼭 해야 하는 일과 딱히 하고 싶지 않은 일이거나 굳이 하지 않아도 되는 일을 나누는 것입니다. 그런 다음 하고 싶은 일에는 환한 대낮의 밝은 햇빛을 주고 그렇지 않은 일에는 깜깜한 밤의 짧은 시간을 던져주었습니다. 점점 미술관이나 공연장에서의 내 모습이 많아지고 늘상 잡다하게 반복하는 일은 점점 그 횟수가 줄어들게 되었습니다. 지나치게 자주하는 집안 정리나 지속적으로 떨어지는 나뭇잎을 쓸어내는 일이 그것입니다. 오래 일하는 사람은 게으름뱅이라는 말이 있습니다. '의무적인 일'이 아닌 '하고 싶은 일'을 오래하는 사람이 되라는 의미겠지요.

우리는 때때로 자신의 생활방식에 불만을 가집

철지난 바다에서 건지다

니다. '좀 더 시간이 많다면' 하는 바람만 있을 뿐 정작 주어진 시간을 세세히 들여다보는 것엔 익숙하지 않은가 봅니다. 개개인에게 주어진 하루 24시간의 선용(善用)을 찾아내지 못하는 것입니다. 어떤 일을 하기 위해 생각하는 시간이 그 일의 앞뒤 시간을 다 점령하는 일이 허다하니까요. 그것도 매일 반복되는 일과에서 말입니다. 시간은 물질에 의한 특권계급도 지적으로 탁월한 그 어떤 집단도 동등하게 존재합니다. 시간이라는 귀중품을 낭비한다고 해서 그 어떤 권력자도 우리의 시간을 정지시키거나 빼앗아 갈 수는 없습니다. 다만 자신에게서 사라질 뿐입니다.

모두들 시간이 짧다고 불평하지만 우리가 쓸 줄 아는 시간보다 더 많은 시간을 가지고 있다. 우리는 전혀 아무것도 하지 않고 있거나 목적이 있는 일을 하지 않거나 우리가 해야 할 일을 하지 않으면서 인생을 보낸다. 우리는 늘 생명이

전경득 에세이

짧음을 불평하면서도 실제로는 생명이 끝없는 것처럼 행동한다.

-세네카(로마의 철학자, 정치가)


그렇다면 우리의 시간은 우리가 만들어 낸 것일까요. 실은 우리에게 생명을 주신 신에게 선물로 받은 것입니다. 그런 소중한 선물을 함부로 다루고 잘못 사용해왔다면 이제부터라도 다시 시간표를 짜야겠습니다.

영화 〈빠삐용〉에서 주인공이 '인생을 함부로 낭비한 죄'를 묻던 장면이 아직도 눈에 생생하게 남아 있습니다. 무심히 보낸 시간이 우리에겐 죄로 남는 것입니다. 내일보다 오늘 이 순간을 위해 충실히 사용하는 시간이 되어야 하는 이유랄까요. 물론 먼저 해야 할 일과 나중 해야 할 일을 구분함으로써 시간을 우리네 인생의 주인으로 만들어야 하겠습니다.

# 선생복종(善生福終)의 삶

## _이태석 신부

사랑해 당신을 정말로 사랑해
당신이 내 곁을 떠나간 뒤에
얼마나 눈물을 흘렸는지 모른다오


껑충하게 큰 키에 깡마른 체구의 검은 피부를
가진 아이들이 노래를 부른다. 유난히 반짝이는 눈
동자에는 맑은 눈물이 가득 고인 채….


20여 년 동안 부족 간 유혈분쟁이 끊이지 않는
아프리카 남수단의 톤즈. 사람을 죽여야만 살아남
을 수 있기에 오직 강함만을 요구받으며 자라나는
아이들. 망고와 수수죽으로 끼니를 때우고 온갖 오
물이 가득한 강물을 식수로 사용하니 많은 사람들

전경득 에세이

이 말라리아나 콜레라를 앓고 있는가 하면 발가락이 형체도 없이 썩어가는 한센병 환자들로 가득한 톤즈는 그야말로 생지옥이었다.

그 누구도 거들떠보지 않던 그곳에 한국의 이태석 신부가 날아간 건 거의 기적 같은 일이었다. 남편을 잃고 가난 속에서 10남매를 키워낸 어머니. 그 중 아홉째인 이태석 신부는 부와 명예가 보장되는 의사의 신분이면서도 지구상에서 가장 황폐한 톤즈의 사람들을 돌보기 위해 다시 가톨릭의 사제가 된다. 의사로서의 안온한 삶을 기대하던 어머니에게는 아들의 그런 결정은 그야말로 청천벽력과 같았을 것이다.

누군가의 보살핌 없이는 살아갈 수 없는, 세상에서 가장 가난한 사람들의 척박한 땅인 톤즈에 이태석 신부는 그렇게 도착했다.
우선 여기저기 우물부터 파서 톤즈 주민들에게 식수로 사용하도록 하고 농경지를 개간하여 식량을

확보함으로써 톤즈 주민들의 굶주린 배를 채울 수 있도록 했다. 배움의 기회가 전혀 없는데다 어릴 때부터 분쟁터에 내몰리는 아이들을 교육시키기 위해 학교도 세웠다. 발가락이 찢어져 형체가 뭉그러진 한센병 환자들의 발모양을 일일이 그려서 구두공에게 그대로 맞춤 제작하여 신겨 주는가 하면 옷이 없어 벌거벗고 있는 주민들을 위해 한국의 옷가지를 얻어다가 입혔다. 섭씨 50도의 폭염 속에서 흙으로 직접 벽돌을 만들어 진료실을 짓고 하루에 삼백 명이 넘는 환자를 치료했다. 이렇듯 헌신적인 이태석 신부의 소문은 멀리 퍼져나가 인근의 다른 마을사람들까지도 몰려들어 병원 앞은 늘 진료받기 위해 기다리는 사람들로 붐볐다.

오직 전쟁 같은 나날만을 보고 자라났기에 가족이 죽어가도 울 줄 모르는 아이들. 운다는 건 곧 사치이자 수치라고 여기는 아이들에게 이태석 신부는 또 다른 눈물을 가르쳐 주었다. 그가 탄생시킨 남수단 최초의 톤즈 돈보스코 브라스밴드였다. 35명의 아이들로 조직한 다음 진홍색에 노란 실타래로 장식한 모자와 같은 색깔의 밴드복장을 만들어 입히고 여기저기서 연주용 악기를 구해 연주할 만반의 준비를 갖추었다. 낡은 색소폰의 찢겨나간 콜크 대신 종이를 말아 올려 소리를 내게 하고 연주할 순서를 알지 못하는 아이들을 위해 빛바랜 악보의 한 줄 한 줄 마다 숫자로 번호를 매겨 주었다. 피나는 반복 연습으로 하나하나의 악기에서 저마다의 소리를 내기 시작하자 아이들의 얼굴에는 점점 웃음이 피어났다. 배우면 누구나 할 수 있고 마음을 합치면 큰 힘이 된다는 것을 알게 된 것이다.

너희가 내 형제들인 이 가장 작은이들 가운데
한 사람에게 해 준 것이 바로 나에게 해 준 것이다.

-마태 25:40

철지난 바다에서 건지다

이태석 신부는 종교와 국경, 그리고 인종을 초월한 봉사를 실천함으로써 사랑의 실체를 몸소 보여준 것이다. 실천하는 사랑만큼 사람에게 감동을 주는 것이 또 있을까. 자신의 진심을 타인에게 전달하기 위한 가장 빠른 방법은 실천하는 것이다. 학교가 없으니 배우지 못했고 병원이 없으니 치료받지 못하고 죽어가는 걸 당연시했으며 먹거리를 만들어 내지 못했으니 굶는 것이 일상인 톤즈 사람들에게 자신의 삶을 송두리째 내어준 이태석 신부. 그러나 이태석 신부의 톤즈에서의 시간은 그리 길지 못했다. 열악한 톤즈를 살려보겠다는 집념으로 자신의 건강을 돌보지 않던 그에게 안타깝게도 암이 찾아왔다. 치료가 불가능한 대장암 말기임을 알고 나서도 얼마 남지 않은 자신의 시간을 톤즈 사람들을 위해 쓰는데 더 주력했다. 결국 2년간의 투병을 끝으로 톤즈 생활 8년 만에 이태석 신부는 조용히 숨을 거두었다. 2010년 1월, 그의 나이 48세였다.

전경득 에세이

저는 아이들의 빛나는 눈빛에서
주님의 고귀한 사랑을 느꼈습니다.
물을 주고 햇볕을 주면 싹이 나듯
저는 다만
아이들에게 그렇게 했을 뿐입니다.

-이태석 신부의 말


선생복종(善生福終)의 삶을 세상에 알리고 간 이
태석 신부.

착하게 살다가 복되게 끝마치는 삶으로 사람들
의 가슴속에 뜨거운 사랑의 불씨를 던져주고 떠난
지 이제 만 5년이다. 그는 이제 가고 없지만 그의
숭고한 희생정신을 이어받으려는 움직임이 각계에
서 일어나고 있다. 그의 예기치 못한 죽음으로 중단
된 환자진료나 학교운영 등을 이어가려는 것과 무
엇보다 이태석 신부를 잃은 슬픔 속에서 헤어나지
못하고 있는 브라스밴드가 계속 이어질 수 있도록

철지난 바다에서 건지다

후원하자는 방법에 관한 것이었다. 우선 브라스밴드 아이들을 한국으로 초대했다. 한국과 아프리카 자선단체의 주선으로 이루어진 것이다. 그 아이들이 한국에 머무는 기간 동안 크고 작은 무대에 초대되어 이태석 신부에게 배운 실력을 펼쳐보였다. 한국의 애국가나 아리랑 등을 연주하는 아이들의 눈에서는 자신의 삶을 희망으로 바꿔놓은 이태석 신부를 향한 그리움으로 하염없이 눈물이 흐르고 있지만 얼굴빛은 마치 전등이라도 켜 놓은 듯 환하게 빛나고 있었다.

그렇게 이태석 신부는 가고 없지만 자신의 생명처럼 보살폈던 아이들의 눈망울 속에는 영원히 살아남을 것이다.

전경득 에세이

# 아빠의 육아열풍 'Scandi dad'가 왔다

참된 유모가 어머니이듯 참된 가정교사는 아버
지임을 잊지 마라.
아버지야말로 그 어떤 선생보다 훌륭한 교사이
다. 유능한 교사보다
분별있는 아버지가 아이를 더 잘 키울 것이다.
재능으로는 열성의
부족을 채우기 어렵지만 열성으로는 재능의 부
족을 채울 수 있다.

-장 자크 루소의 『에밀』 중에서

2011년 영국의 〈타임즈(The Times)〉는 "타이
거 맘은 잊어라. 스칸디 대디가 온다.(Forget Tiger

Mom, here comes the scandi dad)"라는 기사를 게재했다. 스칸디 대디는 육아에 적극 참여하며 자녀와 함께 가능한 한 많은 시간을 보내고 교감하는 북유럽 아빠를 통칭하는 말이다. 특히 유럽 국가 중에서도 스웨덴은 아빠가 일과 가정의 양립을 실천한다. 스웨덴의 아빠는 아이가 갑자기 아플 때 회사 담당자에게 간단한 이메일로 휴가 신청을 낼 수 있다. 1주일까지는 진단서 없이 휴가를 쓰고 그 이상 아프면 진단서를 내고 휴가기간을 연장할 수 있다. 결근과 조퇴로 인한 불이익이 없도록 국가가 보험으로 급여까지 지급해 준다. 아이가 중심인 스웨덴은 기업 역시 엄마, 아빠로서의 정체성을 존중해주는 것이다.

스칸디 대디의 다른 '무기'는 휴가다. 한 해에 5~6주는 쓸 수 있다. 유치원이나 학교에 다니는 자녀를 둔 부모는 대개자녀의 방학기간에 맞춘다. 휴가를 부모가 480일까지 육아휴직을 할 수 있고 이중 60일은 반드시 아빠가 써야 하는데 만일 아빠가 육

전경득 에세이

아휴직을 하지 않으면 휴직기간은 420일로 줄어들게 되므로 아빠들의 휴직이 보편적이다. 노동시간을 자유롭게 줄일 수 있는 권리가 엄마뿐만 아니라 아빠에게 주어지는 것도 스칸디 대디가 아빠휴직 이후에도 자녀와 충분한 시간을 보내는 비결이다.

스웨덴의 '대표 브랜드'가 된 스칸디 대디는 사회적 산물이다. 아이 키우기에 필수적인 시간을 보장해주는 제도가 있기에 가능한 일이다. 하루에 총 근무시간만을 규정하고 출근과 퇴근시간이 유연한 '시간문화'는 임신, 출산, 육아 뿐 아니라 자기계발과 노부모 부양 등 다양한 개인적 필요와 직장 생활을 조화시키는 데에도 도움을 주고 있다.

이러한 스칸디 대디 열풍에서 알 수 있듯이 최근 우리나라에서도 아빠의 육아참여가 많아졌다. 아빠육아시대가 온 것이다. 그동안 우리나라에서 남성의 가사활동은 거의 기대할 수 없는 수준이었다. 충, 효, 신의를 중요시하던 전통적 유교사상이 아닌 권위와 명분을 중요시하는 왜곡된 유교사상이 만연되었기 때문이었다. 그러나 최근 들어 남녀평등이나 양성평등 같은 성역할에 대한 인식이 바뀌고 정부에서도 육아 휴직 제도를 개선해 '아빠의 달' 육아휴직급여를 지급하는 제도를 시행하고 있다. 기존의 육아휴직기간은 유아기에 꼭 필요한 부모와의 애착을 형성하기에는 턱없이 부족한 기간일 뿐 아니라 맞벌이 부모의 피로를 풀 수조차 없는 기간이다. 가사나 육아는 여성, 즉 엄마의 몫으로만 당연시되어왔으나 근래에 와서는 맞벌이에 워킹 맘이 늘고 있어 자연스레 아빠육아가 늘어나고 있는 것이다.

아빠의 변화된 역할을 지원하는 기업도 생겨나고 있다. 특히 〈아빠, 어디 가?〉, 〈슈퍼맨이 돌아왔다〉 등 아빠들의 육아를 소재로 한 프로그램이 큰 인기를 끌고 있다. 실제로 아들 세쌍둥이를 양육하는 모습으로 출연하는 모 영화인이 단순히 지인에게 나눠주려고 만든 일명 '삼둥이 달력'은 일반인들의 폭발적인 관심으로 주문이 쇄도하여 엄청난 판매이익을 내었다. 게다가 그 이익금의 전액을 사회에 기부하겠다는 반가운 소식까지 들려온다. 육아의 아빠 참여를 홍보하고 사회적으로 기부문화까지 확산하는 등 두 마리 토끼를 잡은 것이다.

이렇듯 북유럽형 스칸디 대디가 최근 우리나라에도 하나의 육아 트렌드로 자리잡아감에 따라 육아용품 구매에도 아빠의 관심이 높아지고 있다. 국내 최대 육아 박람회에 따르면 관람객 중 남성 비율이 급속히 증가하고 있으며 이에 맞추어 육아용품 업체들은 아빠 소비자에 맞는 제품 출시에 주력하고 있다. 그 중 대표상품으로 아빠 아기띠를 꼽을 수 있다. 견고한 안전띠와 알루미늄 등받이로 오래 착용해도 허리가 아프지 않은 기능성과 함께 스타일리시한 북유럽감성의 색상과 디자인으로 '쿨대디'의 핫 아이템으로 떠오른 것이다. 아빠의 체형에 맞추어 아기의 연령과 상황에 따라 다양한 자세로 편리하게 사용할 수 있는 제품이나 젖병과 기저

귀, 가방까지도 남성들의 기호를 반영해 개발되고
있다는 것이다.

　가사, 특히 육아문제가 엄마의 몫이던 시대는
가고 아빠가 함께 참여하는 공동육아시대를 맞아
기업들의 좀 더 적극적인 관심과 참여를 기대해본
다. 즉 아빠의 육아휴직은 물론 육아에 서툰 아빠들
을 위한 육아관련 교육을 정기적으로 실시하고 아
빠와 아이의 유대감을 강화시킬 수 있는 캠프를 마
련해 주는 등이 그것이다.

# 영원한 청년으로 잠들다

_윤동주

　그가 살던 동네에 낡은 계절을 잇대는 햇살이 들어선다. 그가 살던 동네에 새 움이 튼다. 그러나 그의 주소에는 잡풀만 무성하다. 그렇게 흔적으로도 남김이 없다. 바람이 날 찾거든, 구름이 날 찾거든, 눈 먼 아이 되어 먼 곳으로 지친 몸 뉘었노라고 대답해다오. 겨울 끝자락을 부여잡고 진흙처럼 엉겨 붙는 그곳은 풀어헤친 선물상자처럼 어수선하다. 지나가던 바람이 잠시 몸을 누이는 그곳에 올해로 70주기를 맞는 윤동주 시인이 다시 일어서는 듯하다.


　봄이 혈관 속에 시내처럼 흘러
　돌, 돌, 시내 가차운 언덕에

개나리,, 진달래,, 노란 배추꽃,,

삼동을 참아온 나는
풀포기처럼 피어난다.

즐거운 종달새야
어느 이랑에서나 즐거웁게 솟구쳐라

푸르른 하늘은
아른, 아른, 높기도 한데.

-윤동주, 「봄」 전문

## 저무는 해에 태어나다

　1917년 12월 30일, 시인 윤동주는 중국 길림성 명동촌에서 태어난다. 해처럼 화사하게 자라라는 뜻으로 그의 아버지가 지어준 '해환'이라는 익명은 그의 어질고 밝은 성품에 잘 어울린다. 어려서부터

유순하고 작은 일에도 눈물이 글썽이는 성향이었기
에 해맑은 시적 감수성이 자라날 수 있었을 것이다.


빨랫줄에 걸어 논
요에다 그린 지도
지난밤에 내 동생
오줌 싸서 그린 지도.

꿈에 가본 엄마 계신
별나라 지돈가?
돈 벌러 간 아빠 계신
만주땅 지돈가?


-윤동주, 「오줌싸개 지도」 전문


**민족의식이 싹트다**

풍요와 자유의 연희전문시절은 윤동주 시인의

철지난 바다에서 건지다

인생에서 황금기였다. 자유로운 교풍과 민족적인 정서, 그리고 서울이라는 공간은 새로운 영감의 원천이 되어 '저항시인'이라는 수식에서 느껴지는 격렬함과는 달리 우리가 알고 있는 많은 시들이 이 시기에 탄생했다. 그는 자신의 시심을 더 갈고 닦기 위해 창씨개명을 결심하고 일본 유학길에 오른다. 창씨개명을 하지 않고는 현해탄을 건너 갈 배를 탈 수도 없고 설사 배를 탄다고 해도 입교가 불가능했기 때문이다. 그렇게 비장한 각오로 유학길에 오른 윤동주 시인은 진한 향수병을 앓기 시작했고 이때에 그의 마지막 시인 「쉽게 씌여진 시」를 쓴다. '창밖에 밤비가 속살거려/육첩방은 남의 나라/시인이란 슬픈 천명인 줄 알면서도/한 줄 시를 적어볼까(중략) 인생은 살기 어렵다는데/시가 이렇게 쉽게 씌여지는 것은/부끄러운 일이다.(하략)' 윤동주 시인은 일본으로 유학한 다음 해 여름방학을 맞아 북간도 용정의 집으로 돌아오게 되는데 그것이 생전의 마지막 귀향길이 되고 만다.

118
전경득 에세이

내를 건너서 숲으로
고개를 넘어서 마을로

어제도 가고 오늘도 갈
나의 길 새로운 길

민들레가 피고 까치가 날고
아가씨가 지나고 바람이 일고

나의 길은 언제나 새로운 길
오늘도.  내일도.

내를 건너서 숲으로
고개를 넘어서 마을로

－윤동주, 「새로운 길」 전문

철지난 바다에서 건지다

**별처럼 지다**

　일본 유학동기를 묻는 일본 경찰 취조에서 윤동주 시인은 조선 독립을 위한 민족문화연구를 위해 일본에 유학을 왔노라고 당당히 드러낸다. 결국 전쟁 중인 조국을 위해 독립운동을 계획한 혐의로 체포되기에 이른다. 그 후로 19개월간의 재판과 노역이 이어졌고 정체불명의 약물을 투입하는 생체실험까지 당한다. 조국광복을 불과 6개월 앞둔 1945년 2월 16일. 윤동주 시인은 하늘에 별이 가득한 밤에 외마디 비명을 지르며 옥중에서 사망하게 된다. 모자에 진 작은 주름 하나도 견디지 못하던 사람. 작은 영혼의 구김도 참을 수 없었던 사람. 그래서였을까, 그는 자신의 인생마저도 '죽는 날까지 한 점 부끄럼이 없기를' 바랐던 것이다.


　　죽는 날까지 하늘을 우러러
　　한 점 부끄럼이 없기를,
　　잎새에 부는 바람에도

전경득 에세이

나는 괴로워했다.

별을 노래하는 마음으로

모든 죽어가는 것을 사랑해야지

그리고 나한테 주어진 길을

걸어가야겠다.

오늘 밤에도 별이 바람에 스치운다.


-윤동주, 「서시」 전문


## 사면이라는 이름

윤동주 시인은 1944년 3월 31일, 일본 치안유지법 위반이 유죄로 인정되어 교토지법에서 징역 2년 판결을 받은 후 수감된다. 그렇게 옥중생활을 시작한 지 일 년도 채 되지 않아 사망한 윤동주 시인에게 1946년 11월 3일 사면이 내려진다. 일본 헌법 공포일에 발표된 사면조치의 일종으로 그가 타계한 지 20개월이 지난 후의 조치이다. 이미 세상에 없는 윤동주 시인. 그의 판결문에 '대사령에 의한 사면'이라고 찍힌 도장의 의미는 무엇인가. 지금부터 70년 전에 윤동주 시인은 가고 없으나 우리의 마음속에는 영원한 청년으로 남아있다.

전경득 에세이

# 화장(化粧)에서 화장(火葬)으로
## _문학작품과 영화의 이중주

"운명하셨습니다."

당직 수련의가 시트를 끌어당겨 아내의 얼굴을
덮었다. 시트 위로 머리카락 몇 올이 삐져나와
늘어져 있었다. 심전도 계기판의 눈금이 0으로
떨어지자 램프의 빨간 불이 깜박거리면서 삐삐
소리를 냈다. 환자가 이미 숨이 끊어져서 아무런
처치도 남아있지 않았지만 삐삐 소리는 날카롭
고도 다급했다. 옆 침대의 환자가 얼굴을 찡그리
면서 저편으로 돌아누웠다.

2004년 이상문학상에 빛나는 소설가 김훈의 「화
장(火葬)」은 이렇게 시작된다. 1인칭 화자인 주인공
은 화장품회사의 중견간부로서 결혼을 앞둔 딸과

오랜 결혼생활동안 남편을 위해 헌신해온 아내와 살고 있다. 그 아내가 뇌종양으로 여러 번 수술을 받고도 끝내 운명하는 장면이다. 오랜 병수발에 지친 듯 오히려 담담한 남편. 직장업무와 아내의 병간호를 늘 병행하느라 자신도 육체적 병까지 얻었지만 남자의 본능은 이런 상황에서도 고개를 든다. 주인공인 남성은 같은 직장에 새로 입사한 부하 여직원의 고혹적인 매력에 휘둘리게 되고 아내를 돌보아야 하는 의무적인 시간과 젊고 아름다운 여성을 향한 본능적 시간을 넘나들며 스스로를 조절하는 세속과 일상에 지친 남성의 이중적 시선을 심리적인 측면으로 그려내고 있다. 저물어가는 인생의 서글픈 내면에 혼재된 본능의 몸부림이랄까.

제가 당신의 이름으로 당신을 부를 때 당신은 당신의 이름으로 불린 그 사람인가요. 당신에게 들리지 않는 당신의 이름이, 추은주. 당신의 이름인지요.

젊은 여성을 향한 부름에는 늘 경어체로 표현한다. 자신의 감정을 독백처럼 고스란히 내뱉는 말미마다 경어체인 것은 그 간절함이 단순한 말이 아니라 말로 환생하기를 갈구하는 기질이나 허기일 것이고 눈보라나 저녁놀처럼 손으로 잡을 수 없는 말의 환영일 것이다.


그때, 저는 저의 생애가 하얗게 지워지는 것을
느꼈습니다.
그때 지체 없이 당신의 이름을 부르지 않으면
당신이 당신의 몸속의 노을빛 살 속으로,
내가 닿을 수 없는 살의 오지 속으로
영영 저물어 버릴 것만 같은 조바심으로
나는 졸아들었고,
분기 말의 저녁마다 당신의 어깨는
저무는 날의 위태로운 노을로
내 앞에 번져 있었습니다.

철지난 바다에서 건지다

아. 당신의 살 속으로, 그것이 한없는 오지여도 좋을 그곳으로 영영 저물고 싶은 남성의 몸부림은 생과 사의 기로에 있는 아내를 향한 마지막 외도인가.

젊음은 화장(化粧)이요, 죽음은 화장(火葬)일 테니. 젊음의 '화장'은 인체를 미화하는 행위라면 죽음의 '화장'은 인체를 소멸시키는 행위라는 사전적 정의를 떠올리지 않더라도 이 소설의 제목이 주는 '화장(火葬)'이라는 단어는 모든 소생과 소멸 사이에서 삶을 찾아가는 현대인들의 존재방식으로 정의하고 싶다.


빗장뼈 위로 솟아오른 당신의 목은 흰 절벽과도 같았습니다. (중략)
당신의 몸에서는 젊은 어머니의 젖 냄새가 풍겼습니다. (중략)
당신이 잠드는 동안 당신의 몸속에서 작동하고 있을
허파와 심장과 장기들을 생각했습니다. 그리고

전경득 에세이

당신의 몸속

실핏줄 속을 흐르는 피의 온도와 당신의 체액에

젖는

살들의 질감을 생각했습니다. (하략)


이보다 어떻게 더 정밀하고 내밀하게 표현할 수
있을까. 만개한 백목련이 짧은 절정의 순간을 토하
듯 절절하다. 꽃의 그것처럼 젊은 여성을 향한 간절
한 마음 밖으로 드러내지 못하고 내면으로 꽁꽁 싸
매는 남성의 말은 그 자체로 경어체일 수밖에 없지
않은가.

영화계의 거장 임권택 감독이 이 작품을 놓치지
않았다. 임감독은 '탄복의 신음소리가 절로 나는 미
려한 문장, 그 사이사이로 흐르는 날카로운 통찰을
영상에 담아내는 것은 무척 의미 있고 해볼 만하다'
라고 평하며 탁월한 문학 작품으로서의 무한신뢰를
보인 것이다. 도덕성을 잃지 않고도 두 여자를 사랑

하는 남성의 심리를 극히 현실적인 렌즈에 담아야 하는 어려움을 극복하며 영화적 특성이 살아있도록 표현한 연출력. 그것은 또한 인간의 생(生)으로서의 '화장(化粧)'과 사(死)로서의 '화장(火葬)'을 섬세한 연기로 승화시켜 낸 것이다.

> 두 번째 수술이 끝나고 아내가 회복실에서 병실로 실려 왔을 때
> 나는 아내가 이제 그만 죽기를 바랐다. 그것만의 나의 사랑이며
> 성실성일 것이었다.  (중략)
> 영정속의 아내는 여전히 웃고 있었다.  (중략)
> 머리카락에 윤기가 돌았다.

오랜 투병으로 몸도 마음도 지칠 대로 지쳐있는 영화 속 아내. 그 옆을 지키는 남편은 무감각한 표정이다. 온갖 생리적 오물을 다 처리해줘야 하는

전경득 에세이

중증 환자인 아내. 딸조차도 코를 막고 눈을 돌리지만 별일 아니라는 듯이 묵묵한 남편. 그 남편을 향한 고마움과 미안함, 그리고 수치심으로 아내는 오열하고… 부부이기에 차마 어쩔 도리가 없는 현실에 남편은 바람 난 마음과 몸의 눈을 질끈 감고야 만다.

본질적인 사랑이란 가야할 때에 편히 보내주는 것이라고, 그런 거 아니겠냐는 자기변명의 소리로 영화는 극사실적이고 자연스럽다. 어쩌면 인위적이고 극적인 장치를 사용하지 않음으로써 더욱 드라마틱하게 느껴지는지 모를 일이다.

철지난 바다에서 건지다

# 젊은 베르테르를 위한 단상

현대인은 단지 베르테르를 기억하는 것일까 열렬히 추모하는 것일까.

그녀의 말 한마디 한마디가 비수처럼 내 가슴을 찌르더군. 차라리 아무 이야기도 하지 않는 것이 내겐 얼마나 자비로운 것인가를 그녀는 모르더라고.
지금도 마음속에서는 여전히 분노가 치밀어 오르고 있다네. 감히 내 앞에서 나를 비난하는 자가 있다면 그 자에게 칼이라도 꽂아 주련만!

-괴테의 『젊은 베르테르의 슬픔』 중에서

전경득 에세이

베르테르는 공사의 서기관으로 근무하면서 시민 출신이라는 이유로 귀족계급을 가진 상관들에게 무시당한다. 친하게 지내는 귀족의 저택으로 놀러갔다가 그곳에 모인 사람들의 눈총을 견디다 뛰쳐나오는 강한 자존심의 소유자이다. 비록 외적으로는 귀족에게 약했지만 정신적으로는 늘 당당함을 자신했다. 그의 편지에 자주 등장하는 '마음'은 외적인 권력과는 대조되는 개념으로 강자의 역학에 매몰되기를 거부하는 반항적 시각을 가졌다. 이런 성향이니 낡은 신분사회인 현실의 벽에 부딪힐 수밖에….

어느 날 베르테르는 상속사건처리를 위하여 소도시로 가게 되고 그곳에서 관리의 딸인 로테를 만나게 된다. 처음 만났을 때의 공통화제는 독서였다. 18세기 서유럽의 연인들의 이미지는 바스락거리는 낙엽길을 걷기도 하고 숲속 벤치에 앉아 다정하게 책을 읽는 모습이었다. 그런 모습으로 로테와의 만남이 시작되었다. 로테를 향한 베르테르의 마음이 열렬한 사랑으로 변해갈수록 이미 애인이 있던 로테의 마음은 점점 더 멀어져 가고…. 더 이상 사랑을 이어갈 수 없는 상황임을 느낀 베르테르는 삶에 대한 회의와 우울증에 시달리다 결국 권총을 자살하고 만다.

스물다섯의 괴테가 7주라는 짧은 기간 동안 폭풍처럼 써내려간 『젊은 베르테르의 슬픔』은 친구의 약혼녀를 사랑한 자신의 실제체험과 연결되어있다. 청년 괴테가 살던 그 시대의 독일은 영국이나 프랑스에 비해 시민사회가 낙후되었고 사회적인 영향력이 미미한 편이지만 정신적으로는 탁월한 인재들의 시대였다. 문학으로는 괴테, 실러, 철학으로는 칸트와 헤겔이 있고 음악에는 모차르트와 베토벤, 슈베르트가 있었다. 그러한 배경에서 볼 때 러브스토리의 여주인공이 되려면 고대에는 여신이나 왕족이, 중세에는 최소한의 귀족이 되어야 하는데 시민여성으로서 근대적 러브스토리의 주체로 등장하는 '로테'는 베르테르의 죽음을 통해 사랑이라는 실체와 파워를 보여주고 있었던 것이다.

전경득 에세이

누구나 베르테르처럼 사랑하고 싶어 하고 누구나 로테처럼 사랑받고 싶어한다. 자신의 생명을 스스로 포기할 만큼의 흡입력으로 남녀 간의 사랑의 속성을 적나라하게 보여줌으로써 '그들만의 사랑'을 '누구나의 사랑'으로 바꾸어 놓고 있다. 로테와 만나는 장면에서 풀밭의 작은 풀벌레들의 울음소리에서도 신의 존재를 찬미하고 폭우에 모든 것이 휩쓸려 내려가는 강이나 겨울의 황량한 들판을 바라보며 헤어짐의 고통을 대입시키며 자연 속에 자신의 심경을 투영해 본 것이다. 세상을 있는 그대로 보는 것이 아니라 젊은 베르테르는 자신의 주관에 따라 사랑을 그렇게 굴절시킨 것이리라.

사랑으로 인해 벌어지는 가장 극단적인 형태가 자살 또는 미치거나 살인을 저지르는 것이라면 베르테르는 불행한 에피소드를 통해 이러한 사랑에 빠진 사람들을 이해하고 옹호하였다. 그러나 그것이 자신의 모습일 수도 있다는 생각을 하지 않았고 베르테르 자신의 사랑은 극도의 순수함, 그 자체로

133
철지난 바다에서 건지다

인정받고 싶어 했다.

　괴테는 젊은 베르테르를 통해 무엇을 말하고자 했는가. 절대화되어가는 사랑의 속성을 보여줌과 동시에 그러한 사랑이 어느 지점에서 병리학적으로 변해가는가를 동시에 보여주고 있는 것이다. 또한 괴테는 전적으로 베르테르의 내면만을 옹호하는 것은 아니다. 간헐적으로 등장하는 편집자의 말, 예컨대 베르테르는 자신의 자살을 위대한 결단이라고 생각하는데 주변사람들은 그것을 우울증의 결과라고 본다고 말하고 있다는 표현 등이 그것이다. 우리는 짝사랑을 하거나 애인에게 버림받은 경험을 통해 베르테르를 이해하고 언론에 심심찮게 보도되는 유명인사의 자살사건을 모방하여 그 자신도 자살을 시도하는 경우이다. 이른바 '베르테르 효과'이다. 남과 여, 즉 연인과의 사랑만이 사랑의 전부라고 인식했을 때 자살을 시도하는 건 어쩌면 당연한 행위인지도 모른다. 이 세상 어디에서나 '사랑'이라는 단어가 온통 인간의 삶을 포위하고 있으니… 20세

전경득 에세이

기 사회학자인 데이비드 필립스가 자살에 대해 연구하다가 괴테의 소설을 떠올렸듯이 당대에나 지금이나 젊은 베르테르는 사랑의 실체를 연구하는 데에 꼭 거쳐야 할 통과의례가 되고 있다.

철지난 바다에서 건지다

# 치유의 계절,
# 그 가을을 노래하다

"가을은 그대의 풍만함을 드러내니, 모든 복된 것에 그대 모습 있으리, 온갖 아름다운 것들에 그대 깃든들 지조로는 그대 누구와도 같지 않고 누구도 그대 같지 않아라."

셰익스피어의 말을 빌리지 않더라도 우리의 가슴 속 깊은 곳에 스민 언어를 자신 있게 포착해 낼 수 있는 계절, 가을이다. 밤낮없이 여물기를 꿈꾸던 생명들이 더는 부풀 수 없게 커져버린 풍선이 되었던가! 이제 그간의 황홀한 푸르름이 힘을 잃어가는 시간들이 용케도 다시 돌아왔다. 점호하듯 버티고 서 있던 대지를 눅눅한 보드라움으로 감싸더니만 어느새 한때 그 늠름했던 기상은 사라지고 말았다.

전경득 에세이

그러나 대지의 본질은 우리 앞에 그대로 있을 뿐이다. 다만 그 빛 다한 공허함에 천착하지 않고 표표히 길을 나서는 것이다.

높이 더 높이 달려 나가는 쪽빛 가을하늘 아래 탐스럽게 익어가는 감나무 풍경을 그려내는 서양화가 오치훈의 가을은 형형색색의 어울림으로 우리의 지친 가슴을 다시 한번 들뜨게 한다. 또한 모든 익숙한 것들을 물방울이라는 오브제 속에서 용해시켜 투명한 채로 무(無)로 돌려보내는 화가 김창렬은 수많은 물방울과 그것이 스며든 자국을 극사실적으로 표현함으로서 시공을 초월한 낯선(?) 사색을 유도하기도 한다.

스러지듯 돋아나는 강인한 생명, 곧 가을이라는 계절을 언어로, 그림으로 또는 사위로 표현하는 순간, 내면 깊숙한 상처가 앞장서서 나타나는 것을 체험할 수 있다. 드러난 것에만 대가를 지불하는 세상의 순환 구조에 적응하지 못해 벌어지는 현상이다. 이런 속성을 고스란히 담고 살아가는 우리에게

철지난 바다에서 건지다

가을은 뜨거운 여름을 견디느라 무디어진 감정선을 다시 일렁이게 하는 것이리라.

그 선연했던 푸른빛의 잎새들이 지치고 거친 표피를 드러내는가 하면 군데군데 벌레에 갉히운 듯 여기저기 숭숭한 구멍이 난 채 한때의 꼿꼿함을 잃어가는 것을 발견하게 된다. 자연은 생로병사의 원리를 통해 계절이라는 현상을 보여줌으로써 스스로 낡아감을 인정할 줄 아는 지혜를 주는 것이다. 그러한 우리의 감전된 상처에 치유라는 이름으로 다가서는 것이다.

신의 형상대로 지으신 사람. 그 사람 사이만큼이나 가깝게 다가서있는 세상 속의 풍광, 우리는 그것을 매일 만나지만 어쩌면 한없이 멀게 만 느껴지는 건 결국 당장의 소용을 따라가는 본능적인 삶에서 얻은 습관의 산물이 아닐까. 우리는 이쯤해서 동공을 크게 열어 좀 더 깊숙한 곳으로 들어가 보자.

약관 스물의 나이로 『스무 편의 사랑 시와 한 편의 절망의 노래』라는 첫 시집으로 남미 전역에서 가

전경득 에세이

장 유명한 시인으로 떠오른 파블로 네루다. 철도 노동자의 아들로 태어나 23세부터 스페인, 아르헨티나, 멕시코 등지의 영사로도 활동하며 정치가로서의 입문을 통해 활발한 삶을 지켜온 그는 1971년 작가로서의 최고의 영예인 노벨문학상을 받게 된다. 그가 바라보는 세상의 풍광은 가을이 치유의 계절이라는 크나큰 단서를 제공한다.

질문의 책이라고 명명한 74편의 시를 통해 네루다는 '가을은 그렇게 많은 노란 돈으로 무슨 값을 지불하지?'라고 묻는가 하면 '가을이 한창일 때 당신은 노란 폭발소리를 듣는가?'라고도 한다. 어디 그뿐인가. '가을의 미용사는 왜 내 국화들을 빗질해 주지 않는 거지?' '왜 나뭇잎들은 떨어질 때까지 가지에서 머뭇거릴까?'하고 묻더니만 결국은 '가을은 무슨 일이 일어나기를 간절히 기다리는 것 같네?'라고 말하기에 이른다.

인생이란 것도 그런 것일 게다. 자연 속의 숨은 그림 찾기. 창조주의 섭리에 맞춰진 우주 공간의 변화를 매순간 새로운 시선으로 바라보는 작가의 촉

철지난 바다에서 건지다

수를 만나보자. 다소 우스꽝스럽고 가벼우나 때론 보드라운 시선으로 어루만지는 동안 우리는 이내 상처가 한결 치유되었음을 체험하게 될 것이다.

결국 우리는 꼭 물음표를 붙이지 않더라도 세상 속에 이름 없이 존재하는 사물이나 현상을 끄집어내어 노래해야만 한다. 그래야만 가슴 속을 울리는 감탄사로 덮인 내면의 숲을 만나게 될 수 있으리라. 인생의 책갈피를 한장 한장 넘길 때마다 그 숲 속의 문자로 버무려진 피톤치드를 경험하고 때로는 고단하고 허탈한 삶의 언덕에서 내려와 잠시 쉬어 갈 수 있는 자가 구원의 메시지를 들을 수 있는 건 아닌지….

이 가을에 질문을 던질 일이다.

전경득 에세이

# 11월과 함께 춤을

바야흐로 가을의 오후를 만났습니다. 공연장에서 가장 인기 있는 배우가 무대의 말미를 절정으로 물들이듯 11월의 가을은 매혹적인 자태로 계절을 물들이고 있습니다. 초저녁 오래된 도시의 골목길에서 만나게 되는 가로등의 희미한 불빛아래에는 세월 섞은 바람의 그림자가 머물고 갑니다. 이내 어느 시인의 한줄 싯구처럼 몸과 마음이 수직인 사람이 되고 싶은 나그네는 11월의 뒷골목에서도 흔들림 없이 자신의 길을 갑니다.

꽃 떨어진 텅 빈 대궁에 빗물이 스쳐간다.
이제 나를 가릴 수 있는 것은 거센 바람뿐
시 한 줄 없이 바람 속에 시들어

눈 속에 그대로 매서운 꽃눈 틔우리

-민중시인 박영근의 「다시 십일월」 중에서

그토록 아름다운 환희의 주인공이던 꽃들이 다
떨어지고 빈 대궁만 남은 11월에는 매서운 계절을
받아들이기 위한 처연한 자세가 필요합니다. 떠남
으로 다시 맞이하는 세상을 위한 낙엽귀근(落葉歸根)
으로….

자연과 밀착되어 살아가는 인디언 부족은 세월
의 변화를 자연에서 본 따 표현합니다. 특히 11월을
이야기함에는 더욱 두드러집니다. 거미줄에 맺힌
이슬방울이나 한 포기의 풀, 나뭇가지 사이로 퍼져
나가는 햇살, 하늘가에 떠도는 구름 등 우리를 둘러
싼 모든 것에 영혼이 깃들어 있다고 생각하는 것입
니다. 자연만물에 생명을 넣어주고 그것을 소중하
게 여기는 사람들입니다.

전경득 에세이

'만물을 거두어들이는 11월'의 테와프에블로족
'기러기 날아가는 11월'의 카이오와족
'많이 가난해지는 11월'의 모호크족
'모두 다 사라지는 것은 아닌 11월'의 아라파호족


이렇듯 인디언의 11월에서는 유난히 희망의 향기가 물씬합니다. 인간관계와 자연현상을 긍정의 순리로 받아들이고 그것과 따스한 입맞춤을 하며 희망이라는 결실을 얻어내는 것입니다.


당신 생각을 켜놓은 채 잠이 들었습니다.

　　　　　　　　　　　　　-함민복의 「가을」 전문

생각을 일으켜 마음을 흔드는 일은 살아있음으로 가능한 일이며 우리네 삶 그 자체이자 전부입니다. 세상만물이 화려함을 벗고 시들기 시작하는 즈음이면 더욱 그러합니다. 이에 가을을 벗어나는 길 끝에 놓인 11월에는 더더욱 깊은 생각에 빠집니다. 봄에 싹틔운 생명들의 화사한 울림 뒤에 오는 잠깐의 휴식이라고 해야 할까요? 시인의 꿈속에서 노니는 가을이라는 당신. 그 끄트머리를 붙잡고라도 한바탕 넉넉한 작별인사를 하고픈 것이겠지요. 이제 11월을 불빛처럼 환하게 켜놓겠습니다.

전경득 에세이